Formas de volver a casa
Alejandro Zambra

回家的路

〔智利〕亚历杭德罗·桑布拉 著
童亚星 译

人民文学出版社
PEOPLE'S LITERATURE PUBLISHING HOUSE

著作权合同登记号　图字 01-2016-4674

图书在版编目(CIP)数据

回家的路/(智)亚历杭德罗·桑布拉著;童亚星译.—北京:人民文学出版社,2016
(亚历杭德罗·桑布拉作品集)
ISBN 978-7-02-011876-2

Ⅰ.①回…　Ⅱ.①亚…　②童…　Ⅲ.①中篇小说-智利-现代　Ⅳ.①I784.45

中国版本图书馆 CIP 数据核字(2016)第 169610 号

责任编辑　**朱卫净　任　战**
装帧设计　**汪佳诗**
封面绘图　**杨　猛**

出版发行　**人民文学出版社**
社　　址　**北京市朝内大街 166 号**
邮政编码　**100705**
网　　址　**http://www.rw-cn.com**

印　　刷　**宁波市大港印务有限公司**
经　　销　**全国新华书店等**

开　　本　**889 毫米×1194 毫米　1/32**
印　　张　**4**
字　　数　**77 千字**
版　　次　**2016 年 10 月北京第 1 版**
印　　次　**2016 年 10 月第 1 次印刷**

书　　号　**978-7-02-011876-2**
定　　价　**25.00 元**

如有印装质量问题,请与本社图书销售中心调换。电话:010-65233595

献给安德里亚

我已学会行走，从此再无力学习。

——沃尔特·本雅明

我没有呐喊，而是写作。

——罗曼·加里

目录

I. 配角

我六七岁的时候走丢过一次。当时我迷迷糊糊，一下子就见不着父母的影儿了。一阵害怕之后，我马上重新出发，赶在父母之前就到了家——那时他们还在绝望地找我。其实那天下午我倒是觉得，走丢的是他们。毕竟，我可知道自己回家，而他们却没有。

“你走岔道了。”后来母亲对我说，眼里还挂着泪。

“明明是你们走了另一条路啊！”我想着，但没吭声。

父亲在扶手椅上静静地看着。偶尔我觉得他一直躺在那里沉思，但他恐怕什么都没想，可能就是闭上双眼，逆来顺受地接受眼前的一切。不过那天晚上他开口了：“这挺好，”他对我说，“你战胜了困境。”母亲用疑虑的眼光盯着他，可他还是自顾自地发表了一番关于“困境”的杂乱无章的言论。

我缩在父亲对面的沙发上，假装睡着，听着他俩老掉牙的争吵。母亲说上好几句话，父亲只给出一两个字的回应——偶尔斩钉截铁地冒出一个：“不！”偶尔在母亲的咆哮之余插上一句：“扯淡！”还有些时候，甚至会像警官一样命令：“闭嘴！”

那晚，母亲抱我上床，她可能知道我只是装睡，其实却好奇地听着她的一举一动。她说：“你爸爸说得有理。现在我们知道了，你丢不了，知道你能一个人上街了。但你在路上该专心点儿，该走得更快些。”

我把这话放心上了。从那时起，我加快了脚步。事实上，好几年之后，当我第一次跟珂罗蒂雅聊天时，她还问我为什么总走那么快。当时她已经跟踪我好几天了。我们是在那次聊天前不久才认识的：一九八五年三月三日，大地震[①]当晚，不过当时我们并没说上话。

那时珂罗蒂雅十二岁，我九岁，所以我们的友情实在是不可思议。不过我们看上去倒挺像朋友，常常聊天。有时我会觉得，我写这本书，无非是为了追忆那些谈话。

地震那晚我很惊恐，但从某个角度说来，我也挺喜欢那晚发生的事。

大人们在一家屋子的院里搭起两顶帐篷，让我们这些小孩儿睡觉。这事儿一开始就惹出了乱子，因为所有小孩儿都争着要睡在那顶爱斯基摩风格的帐篷里，那东西在当时可是个新鲜玩意儿。最后，大人们把它分给了女孩儿们。我们这群男孩儿把自己关在帐篷里悄声打闹。大人不在时，这是我们的保留节目：兴高采烈、毫无节制地追来打去。不过那次，红发小子很快就被打出鼻血，我们只得另找法子娱乐。

不知谁想到了立遗嘱的点子，乍一听我们觉得不错，但随即发现这事儿毫无意义。因为如果再来次更强烈的地震，估计全世界都能被毁掉，那我们的财产自然无人继承了。于是我们又想象着地球就像一只猎猎打颤的狗，人们

① 智利是地震多发国家，一九八五年圣地亚哥大地震，震级为八级，死亡一百七十余人。

就跟它身上的跳蚤似的纷纷掉落太空。反复想象这样的场景乐坏了我们，也让大家渐生睡意。

可我不想睡。其实我感到前所未有的疲惫，但这种全新的疲惫让我两眼放光。我决定熬通宵，还打算混进那顶爱斯基摩帐篷里，好跟女孩儿们接着聊聊。没想到警察的女儿却一口咬定我想强奸她们。虽然那时我还不大懂得强奸犯是什么意思，但还是立马保证我没想过要干这事儿，只是过来瞧瞧而已。那女孩儿嘲讽地一笑，说，天下强奸犯都是这套说辞。于是我被关在帐篷外，听她们玩游戏。她们假装那些洋娃娃是地震后仅有的幸存者，看到主人去世，娃娃们抚尸痛哭。只有一个娃娃觉得这样才大快人心，因为对它而言，人类这物种臭味十足。游戏最后演变成一场争权夺利的比拼，看上去姑娘们似乎要吵个没完，结果却很快达成一致——所有的洋娃娃中只有一个正版芭比。她大获全胜。

我在废墟中找到一把沙滩椅，胆怯地靠近大人们的篝火。看到邻居们大概是头一次这样聚在一起，我还真不习惯。他们小口小口地抿着酒，排遣恐惧，悠长的目光中满是同命相怜的味道。有人弄来一张旧木桌丢进火堆，好像那桌子一文不值似的。“要是你乐意，我把吉他也扔进去。”父亲这样对我说。所有人都笑了，我也笑了，笑得有些迷惑，因为父亲很少开玩笑。这时，邻居劳尔带着玛卡丽和珂罗蒂雅回来了。“她们是我姐姐和外甥女。”他向大家介绍。地震发生后，劳尔曾四处寻找她们，现在终于把人带回来了，他显然是松了一口气。

劳尔是村里唯一独居的人。我无法理解一个人怎么能独自生活。在我看来，独居是对一个人的惩罚，或是病态的象征。

那个早上，当劳尔开着顶棚上绑着床垫的菲亚特 500 型轿车来到村里时，我问母亲他的家人什么时候来。母亲温柔地回答我，不是所有人都有家人。这话让我觉得我们有义务帮助他，可我很快惊讶地发现，父母都没这想法，他们认为没必要，甚至还对这个瘦削安静的男人心怀戒备。我们是一墙之隔的邻居，还共享一段女贞花墙，但却被一道巨大的鸿沟隔断。

村里传言说劳尔是基督教民主党[①]人，这让我觉得挺有意思。现在看来，还真说不清为什么一个九岁的孩子会觉得某人是基督教民主党人是件有意思的事。可能当时的我认定这和他凄凉的独居大有关系吧。我从没见过父亲和劳尔说话，所以地震那晚，当我看到他们一起抽烟时，我颇为震惊。我猜他们在谈论“孤独”，父亲会给这位邻居提上点儿战胜孤独的建议，虽然事实上他自己对这个话题也知之甚少。

另一边，玛卡丽在远离人堆的角落里抱着珂罗蒂雅。她们看上去不大自在。出于礼貌，但也可能别有用心，一位邻居大妈上前询问玛卡丽是做什么的。而玛卡丽仿佛对

---

① 基督教民主党是智利执政联盟第一大党，成立于一九五七年七月，主张实现真正的基督教义，建立民主制度，与不同的思想派别共处。

这个问题早有准备，马上回答说自己是英语老师。

那时天色已晚，大人们招呼我去睡觉。我只得毫不情愿地在帐篷里为自己腾出块地方。我害怕睡着，正好，静夜里听听这些空虚的交谈给我带来了点儿乐趣。他们提到了玛卡丽和珂罗蒂雅，我听出劳尔曾想抛弃她们。有人说那小女孩儿有些古怪。我没这感觉，相反倒觉得她挺漂亮。至于玛卡丽，按照我母亲的说法，“一点也不像个英语老师。”——“她就一张主妇脸！”一个邻居接过话头，随后众人乐了好一阵。

我琢磨着“英语老师的脸”，一张英语老师的脸该是什么样的呢？我想到了自己的父母：他们又有着怎样的脸呢？我们的父辈从未真正地展示过自己的面貌；我们也从未学会正视他们的容颜。

我以为我们会露宿几周甚至数月，眼巴巴地盼着大老远处能来辆卡车送来食物和毛毯。我甚至想象自己上了电视，感谢全体智利人民的帮助，就像风暴来临时那样——我想起了早几年那些可怕的风暴，大家没法出门，几乎是别无选择地守着电视屏幕，观看那些已经一无所有的人。

但事实并非如此。平静的日子迅速回归。在圣地亚哥以西这个偏远的角落，地震无非是一场虚惊。教堂塌了几堵矮墙，但没有任何重大损失或伤亡。电视上播放着一片狼藉的圣安东尼奥港口和其他几条我见过、或我以为我在为数不多的去往圣地亚哥中部的路上见到过的街道。我有种隐隐的直觉，觉得这才是真正的伤痛。

如果说该有什么值得吸取的教训，我们其实压根儿没有学到。现在的我认为，对大地失去信任是件好事，我们应当懂得，一切都可能在瞬间轰然倒塌。不过当时，大家都很快恢复到一成不变的生活中。

父亲心满意足地确认，我们的损失微乎其微：不过是墙裂了几道缝，外加破了块窗玻璃而已。而母亲只是心疼那套星座杯。一共碎了八个杯子，其中包括她自己的那个双鱼杯、父亲的狮子杯和奶奶来看望我们时惯用的天蝎杯。“还好吧，我们还有别的杯子，用不着更多的了。”父亲这样安慰，而母亲看都不看他，冲着我说：“只有你的杯子没事儿。”她迫不及待地找出那个有天秤标志的水杯，郑重地交到我手中。接下来的几天，母亲都郁郁寡欢，盘算着把剩下的几个杯子送给双子座、处女座和水瓶座的人。

好消息是我们不用很快复课。老教学楼损毁严重，见过它的人都说那根本就是一堆废墟。我很难想象学校遍地瓦砾的样子，不过我可不是难过，而只是好奇罢了。我印象尤其深刻的是学校尽头那块空地，我们闲时就在那里玩耍。我还记得有一堵墙，中学生们常在上面刻刻划划。我想着那些文字，零零碎碎地盘旋飞舞，最终散落在一地灰烬中——有支持或鄙视科洛科洛足球俱乐部[①]的，也有拥

① 科洛科洛足球俱乐部创建于一九二五年，是智利最大也是最受欢迎的足球俱乐部。

戴或反对皮诺切特[1]的讥讽言辞或俗语。有一句我觉得特别有意思：皮诺切特大嘴王。

无论当时还是现在，我都一直力挺科洛科洛，将来也会一如既往。至于皮诺切特，于我而言，不过是个电视人物，他的节目播出时间随心所欲，我也因此而讨厌他，讨厌他那些总是打断精彩节目的无聊的国家频道。后来我同样厌恶他，因为他是个混蛋，是个刽子手。不过当时，我对他不满的原因还仅限于电视上那些不合时宜的作秀。父亲总是一言不发地观看，烟不离嘴，一阵猛吸，除此再无别的动作。

红发小子的父亲去过迈阿密，回来时给他儿子带了棒球手套和击球棒。这礼物出人意料地扰乱了我们的常规游戏。一连好几天，我们不再踢足球，改玩这慢吞吞、甚至有些愚笨、却让我的伙伴们兴奋不已的游戏。我们打球的广场大概是全智利唯一一个棒球取代足球的地方了。我击球差劲，投掷逊色，所以很快退到了替补席，而红发小子则变得大受欢迎。就这样，因为该死的棒球，我孤零零地没了朋友。

一到下午，我总忍着寂寞出门，按照人们的说法，这是为了寻求疲惫。我每天越走越远，不过几乎总是绕个大圈回到原地。我走遍大街小巷，记下每一道新的风景，不

---

① 奥古斯托·皮诺切特（1915—2006），一九七三年至一九九〇年为智利军事独裁首脑。

过眼前的世界并没有太大变化：老是那些拔地而起的新居，仿佛应急而生，但好歹都坚固结实。短短几周时间，大部分垮塌的围墙已经得到修复加固。真难想象，不久前竟发生过一场大地震。

如今的我，已难以理解我们曾享有的那份自由。那时我们活在独裁统治下，议论纷纷的是罪行和袭击，还有戒严和宵禁。尽管如此，却没什么能阻碍我在远离家门的地方游荡终日。难道当时迈普[①]的街道还不是那么危险？晚上总是不大安全吧，白天也好不到哪儿去。然而，不知是出于自大傲慢还是头脑简单，抑或二者兼而有之，大人们把危险置之脑后：他们把闷闷不乐视为穷人的琐事或富人的特权，而至少在彼时彼地，大家都不穷不富。

一天下午，我碰到了劳尔的外甥女珂罗蒂雅，却不知道该不该跟她打招呼。接下来的几天我都遇到了她。我并没发觉，其实是她一直跟着我——“因为我习惯快步走嘛！”当她跟我开口时我这样回答，然后就是一阵长长的沉默，直到她问我是不是迷路了。我说不是，说我很清楚回家的路。“开个玩笑，我只是没话找话，我们下周一见吧，五点，在超市的糕点区。”她丢下这样一句话，转身就走。

第二天一大早我就被叫醒，因为我们要去罗芭耶水库

① 迈普是位于智利中部的一个小镇，在首都圣地亚哥西南约十公里处。

度周末。母亲并不想去，磨磨蹭蹭地收拾着，借口说马上该吃午饭了，我们的行程得改一改。父亲却坚持下馆子吃饭，所以我们还是立刻出发了。当时，在外吃饭还算是件奢侈的事。在标致车的后座上，我一路都在盘算要吃什么，最后我点了黑椒牛排。父亲提醒我那道菜分量很大，我可能吃不了。所幸在以前屈指可数的几次外出时，我最终都被允许随便点菜。

不快的气氛很快笼罩了我们——除了抱怨饭菜迟迟不上，大家已经无话可说。等了又等，最后父亲决定菜一上桌我们就起身离开。我不记得我是抗议了、想抗议，还是今日回想起来觉得应当抗议。反正母亲忍住气说："要走就马上走啊！"父亲解释，只有上菜之后再走，店老板才有损失，这才解气，才算报复。

我们闷闷不乐，饿着肚子继续赶路。说实在的，我真不想去水库。父母不让我离他们太远，我无聊透顶，但还是想游游泳放松一下，顺便瞅瞅那些个啃木屑的小虫子和在海岸搁浅的小鱼。当然了，我还得避开礁石间那些肥老鼠。父亲一整天都一动不动地在钓鱼，母亲则一整天盯着他，我就看着父亲钓鱼，看着母亲盯着他，实在弄不懂他们有什么乐趣。

星期天早上，为了多睡一会儿，我假装着了凉。不计其数的叮咛后，父母去了礁石滩。我很快起身，打开录音机，边做早饭边听拉斐尔[①]的歌。那盘磁带是他的精选集，

① 米盖尔·拉斐尔·马托斯·桑切斯（1943— ），西班牙歌手。

歌曲全是母亲从广播里录下来的。糟糕的是，我一不小心在几秒钟的时间里按下了录音键，洗掉了《无人知晓》中的一段，这盘磁带就这样被我毁了。

我无计可施。想了一阵，我认定唯一的解决办法是用自己的声音覆盖洗掉的那段，于是我试着练习平稳顺畅的发声，好达到以假乱真的效果。最后我终于下定决心开始录音，回放了好几遍，虽然那几秒钟没有背景音乐，我还是觉得基本能蒙混过关。

父亲习惯口头责骂而不是体罚。他从没打过我，这不是他的做事风格。他喜欢采用一语惊人的庄重言辞，无比严肃地对我训话，就跟演电视剧的大结局似的：作为儿子，你太让我失望了，我永远无法原谅你所做的一切，你的所作所为简直让我忍无可忍，等等。

其实我一直有个愿望：希望父亲哪次能把我打个半死。对童年琐事的回忆中，其中一件就是这顿似乎总是一触即发却从未实现的鞭打。回程因此变得无精打采。一踏上通往圣地亚哥的路，我就表示我听烦了拉斐尔，最好我们能听听阿达莫[①]或者何塞·路易斯·罗德里格斯[②]的歌。“我还以为你喜欢拉斐尔呢。”母亲回答。“阿达莫的歌词更好。”我的这句话让局面脱离了掌控——一家三口就这样不知不觉地陷进一场阿达莫与拉斐尔孰优孰劣的争论里，甚至还

① 萨尔瓦多·阿达莫（1943—　），意大利歌手。

② 何塞·路易斯·罗德里格斯·冈萨雷斯（1943—　），委内瑞拉歌手。

提到了胡里奥·依格莱西亚斯[1]。这也真够荒谬的，因为这人对我们全家都毫无吸引力。

为了展示拉斐尔的唱功，父亲决定放他的磁带。当唱到《无人知晓》时，我不得不临时冒出一个绝望的补救计划：从一开头就大声跟唱，估摸着到了被洗掉的那段时唱得愈发大声。父母责备我简直是在吼歌，好在他们没有察觉到磁带的异常。不过回家后，当我在玫瑰树旁挖小沟准备埋了那盘磁带时，被逮了个正着。我别无他法，只得老实交代。父母大笑不已，翻来覆去地听那首歌。

可是到了晚上，他们来到我房间，通知我说我一周都不许出门，以示惩罚。“你们笑得那么高兴，为什么还要罚我？”我生气地问。“因为你撒谎了。”父亲回答。

就这样，我没能去跟珂罗蒂雅见面。不过也好，因为我后来跟她讲起这事儿时，她笑得可厉害了。我大胆直视着她，差不多忘掉了我俩那别扭的认识过程。

不过，现在我却不大记得我们那次见面的情形。据珂罗蒂雅说，是她主动找我的，可我也记得，就为了等她，我在街上游荡了好长时间。不管怎么说，很快我俩就又走在一起，她还要我送她回家。我们在好几个路口都绕着道走，而她甚至在有条路走到一半时要我们倒回去，就跟不

---

① 胡里奥·何塞·依格莱西亚斯·德拉·库艾瓦（1943—　），西班牙歌手。

知道自己住哪儿似的。

最终我们到了个只有两条街的小村：内夫达利·雷耶斯·巴索阿托[①]街和卢西拉·科多依·阿卡亚卡[②]街。这听上去挺搞笑，不过确有其事。不管过去还是现在，迈普的不少街道都有些荒唐的名字：比如我有表兄妹住在“第一交响乐”街，相邻的分别是“第二交响乐”和“第三交响乐”街，跟它们垂直的则是“音乐会”大道。附近还有“第一乐章”、“第二乐章”、“第三乐章”等等。我自己住在“阿拉丁”，对着“奥丁[③]”和“罗摩衍那[④]”，跟“雷姆利亚[⑤]”并列。看得出来，七十年代末的人以此为乐：为这些大街小巷挑选名字。随后，一个个新家庭在此落户，这些家庭没有过去，或心甘情愿或迫于无奈地定居在这幽灵般的世界。

“我住的村里，街道都是真人的名字。”就在那个下午，珂罗蒂雅看着我的眼睛严肃地说。“我住的村里，街道都是真人的名字。”她又说了一遍，好像这样才能把话接下去，“卢西拉·科多依·阿卡亚卡是加夫列拉·米斯特拉尔的真名。”她解释道，“内夫达利·雷耶斯·巴索阿托是巴勃

---

① 里卡多·埃列塞·内夫达利·雷耶斯·巴索阿托（1904—1973），笔名聂鲁达，智利诗人，一九七一年获诺贝尔文学奖。

② 卢西拉·德·玛利亚·德尔·佩尔裴多·索科洛·科多依·阿卡亚卡（1889—1957），笔名加夫列拉·米斯特拉尔，智利女诗人，一九四五年获诺贝尔文学奖，成为拉丁美洲第一位获得该奖的诗人。

③ 北欧神话中的众神之父。

④《罗摩衍那》，与《摩诃婆罗多》并列为印度两大史诗。

⑤ 传说中的大陆，十九世纪的科学家们推算其可能曾存在于印度洋上。

罗·聂鲁达的真名。”一阵长久的沉默后，我说出了我的第一个念头：“住这儿总比住在阿拉丁街好多了。”

我一边慢吞吞地说着这傻话，一边看着珂罗蒂雅的粉刺，看着她白里泛红的脸颊，瘦削的肩膀，应该丰满却依然平坦的胸部，以及她那不时尚的、长长的黑色直发——那时流行的是栗色短鬈发。

我们在她家栅栏边聊了好一阵子，然后她请我进屋。我有点意外，因为那时没人会这样做。每个家都是座微型城堡，一座坚不可摧的堡垒。我自己就不能请朋友到家里玩，因为母亲总念叨家里什么都脏兮兮的。其实不是，我家只是颜色浅而已。不过当时我以为大概有的“脏”是我看不出来的，兴许长大后就能发现，新上过蜡的地板和亮闪闪的木器其实都灰尘覆盖。

珂罗蒂雅家和我家挺像：一只只用美洲椰编织的黑天鹅，和我家的一样令人不寒而栗，两三顶墨西哥草帽，几个漂白土做的小罐子和一些针织小挂件。我进屋后第一件事是借用卫生间，然后惊讶地发现她家有两个卫生间。之前我可从来没去过有两个卫生间的家。我对“富裕”的看法不过如此：百万富豪的家里都有三个甚至五个卫生间。

珂罗蒂雅说她不确定她母亲是否乐意在这儿看到我。我问她跟灰尘有关系没。一开始她没弄明白，听我解释后觉得算是，因为她母亲同样不希望她邀请朋友来家里，觉得家里老是脏兮兮的。我没多想，又问她父亲怎么说。“我爸不跟我们住一起。”她答道，“他和我妈分居了，住在另一座城市。”我问她想不想爸爸。“当然想，”她说，“那是我爸啊。”

当时我们年级只有一个同学是父母分居的，对我来讲这是种耻辱，是我能想到的最伤心的事。“可能以后他们还会住一起的。”我安慰说。“可能吧，”她回答，“不过我不想提这个，我们说点别的吧。”

珂罗蒂雅脱掉凉鞋，去厨房端出一个盘子，里面是一串串紫的、绿的、红的葡萄。我有些惊讶，因为人们一般不会买这么多种类的葡萄在家。我趁此机会都尝了一遍。在我比较各种葡萄口味时，珂罗蒂雅用平平常常的礼节性的问题打破了沉默的气氛。最终她说：“我有事儿求你，不过我们先吃午饭。”“你愿意的话，我帮你做饭吧。”我自告奋勇，其实我从来没做过饭，也没帮别人做过。“我们已经在吃了，”珂罗蒂雅认真地说，“这些葡萄就是午饭。”

她总说不到点子上。有时她显得轻松自然，但还是表达得含糊不清，让人费解。她的确是开不了口。现在我懂了，她抱怨“非说不可”，其实是想以此让我明白她想求我的事。

“我要你照顾他。”珂罗蒂雅突然开口，单刀直入。

“照顾谁？”

“我舅舅。我要你照顾他。”

“哦！”我恍然大悟。有一瞬间我以为劳尔得了重病，恐怕比孤独症还要严重，而我就要去当个护士。我想象自己扶他上轮椅，在村子里散步，并因这友善的举动而得到众人称赞。但这不是珂罗蒂雅想求我的。她盯着我的眼睛，一口气讲完了所有的事，而我立刻同意了。——我同意得太快，仿佛知道再等一会儿，我就能懂得珂罗蒂雅真正的请求是什么。

我最终弄懂了，珂罗蒂雅和她母亲不能——或者说不方便——去探望劳尔，至少不能经常去，于是该我上场了：我要盯住劳尔，不是照顾他，而是留神他的举动，在小本子上记下任何我觉得蹊跷的事情。每周四下午五点，我要在超市糕点区这个古怪的地点和珂罗蒂雅碰头，交给她我的记录，也借机随便聊聊。“我挺想知道你过得怎么样。”她这样说。我笑得很满足，满足里闪耀着不安和期待。

我立刻开始监视劳尔。可以说这差事简单无聊，也可以说很难，难在太过盲目。从我和珂罗蒂雅那次谈话后，我就眼巴巴地盼着会有墨镜男，开着诡异的汽车，悄无声息地出现在夜里。可是劳尔家什么也没发生。他的日常生活一如既往：他按照上班时间，在固定的时间出门和回家，向大家点头问好，动作死板又不失友善，将所有想和他聊上几句的人拒于千里之外。我一点儿都不乐意跟他说话，只一心盼着他做点儿反常的事情，让我可以说给他外甥女听。

每次和珂罗蒂雅碰头，我都准时、甚至提前到，但她总是比我早，在那儿对着橱窗，仿佛一整天都盯着那些糕点。她好像很怕被人看到我们在一起，所以每次都装作和我碰巧遇到。我们在超市里走来走去，仔细察看各种商品，好像真的是来采购。最后我们也不过买两瓶酸奶，在一条弯弯曲曲的道路上打开来喝掉。那条路从广场起头，连着些背街小巷，通往迈普圣庙。只有当我们坐在圣庙的长梯上时，珂罗蒂雅才会放松一点儿。寥寥无几的信徒低头而过，像是要赶去祈祷或忏悔。

我一直想知道我们干吗非得躲躲藏藏，可珂罗蒂雅只说小心为妙，不然事情会搞砸。我当然不知道什么事会被搞砸，不过到这份儿上，我也只能接受她这含糊的回答。

一天下午，我一时冲动，对珂罗蒂雅说我知道实情：劳尔的问题跟他是基督教民主党派人大有牵连。珂罗蒂雅听完一阵大笑，但又立刻止住。她走近我，一本正经地把手搭在我肩上，我差点儿以为她要吻我，不过当然没有。“我舅舅不是基督教民主党人。”她用冷静缓慢的口气对我说。

于是我问她舅舅是不是共产党，她却一直沉默。“我没法再说什么了，”她最终这样回答，“不是什么要紧事儿，你不必啥都知道也能做好你的工作。”珂罗蒂雅趁势一口气飞快地说了下去：她说如果我不愿帮忙，她能理解，还说我俩最好别再见面了。我求她别这样，她则要求我以后看好劳尔就行。

对我而言，共产党的形象就是整天读着报纸，默不做声地任人嘲弄。我想起了爷爷，他就总爱看报。有一次我问他是不是都要看完，老人回答说是，说报纸就是该全部读完。

我还记得一个尴尬的场景，当时大家在爷爷奶奶家聊着智利的节日。两位老人和他们的五个儿女围坐在大桌子边，我和兄弟姐妹们在旁边的小桌。谈着谈着，我听到爸爸几乎是吼着对爷爷说："闭嘴！你这个老共产党！"起先没人说话，然后所有人，连同奶奶和妈妈，全都哄堂大笑。连我的一个堂兄，他肯定没搞懂状况，也跟着笑。这些人不止大笑，还用明显的嘲弄口气一再重复"老共产党"这个称呼。

我以为爷爷也会笑，以为这是个纵情大笑、全家放松的好机会。可老人却表情严肃，一言不发。平时没人对他好，那时我就想，这是不是他自找的。

几年后我才得知，爷爷也不曾是个好父亲。他整日游手好闲，把自己的工资花得一文不剩，还要靠妻子卖菜洗衣做饭来养活。我爸从小就得去那些破地方四处打听他，如果最后能在什么地方找到他抱着酒瓶子，就已经算运气不错了。

我们返校了。班主任卡门小姐被调走了，真是谢天谢地。她教了我们三年，现在我倒是觉得她人不错，可她却看我不顺眼。这跟“钊”字有关，她认为没有这字，正确的写法应该是“针”。我也不知道怎么回事儿，有天我拿着字典就奔她而去，指出是她弄错了。她慌张地看着我，咽下口水，点头承认。不过打那时起，她就不再喜欢我，我对她也一样。其实不管教得好坏，我们都不该记恨老师。可与其说是我看不惯她，不如说是我看不惯她讨厌我这个事实。

相比之下，男老师莫拉雷斯打一开始就喜欢我。我特别信任他，以至于有天早上，我和他一起去健身房上体育课时，我问他当共产党是不是特严重的一件事儿。

“怎么想起问这个？你觉得我是共产党？”

“不是的，我确定您不是。”

“那你是吗？”

“我是小孩儿嘛。”我回答。

“可如果你爸爸是共产党的话，你可能也会是啊。”

“才不会呢。我爷爷就是共产党，可我爸就不是。”

“那他是什么？”

“什么都不是。”我肯定地回答。

“说这些对你可不好。”老师看了我好一阵，最后这样说，“我只能提醒你，眼下可不适合讲这些。也许将来我们可以说，什么都可以说。”

“当独裁统治结束的时候。”我好像在阅读练习里补充句子似的加了这么一句。

老师看着我笑了，亲切地摸了摸我的头发。“我们绕着运动场跑十圈吧！”老师大喊。我只好一面慢吞吞地小跑，一面困惑地想着劳尔。

由于我们得补上地震期间落下的课，课程表就排得特别紧。我只能比劳尔提前半个小时回家，所以对他的监视几乎毫无成效。我决定采取进一步行动，冒险拿点儿主意，把这任务完成得出色些。

有天晚上打教堂墙角路过时，我跌进了女贞花丛里，摔得生疼。劳尔立刻惊慌失措地出来了。他扶起我，跟我说我不该做这种事儿，可又说他能理解，是他不好。我僵在原地，不知所措。结果劳尔很快拿着个网球回来：“要早知道是你的，我就给你扔到院子里去了。”于是我跟他道了谢。

没多久，我就听到劳尔在和一个男人说话。声音很近，应该是从我卧室隔壁的房间传来的。我平时已经养成习惯，把耳朵贴在杯子上挨着墙壁听，但那间屋子总是安安静静的。我实在没法听清他们说了什么，不过听得出没说多久。他们的交谈并不流畅，像是老相识或陌生人之间才会有的那种对话，也可以说，是共同生活或互不相识的人之间的对话。

第二天早上五点半，我就起床了，耐着性子等候，直到确认劳尔家的客人还没走。劳尔的菲亚特 500 型汽车在和往常一样的时间出发。我大着胆子趴到他窗户上往里瞅，想知道他是不是一个人走的。我假装肚子疼，这样就能待在家里。我一声不吭地听了好几个小时，直到隔壁响起水声。那人可能在洗澡。我决定冒险行动。我穿好衣服，把网球扔进劳尔家的院子，然后按了好几遍门铃，那男人没有答应。我也懒得按了，一直等着。后来那人出来，朝奥丁街走去，于是我顺着阿拉丁街跑，好绕个圈子迎头拦下他。我叫住他，告诉他我迷路了，请他带我回家。

这男人忍住不快，看了我一眼，还是带我走了。我们到家时，他并没有显出他在劳尔家过了夜的样子。我跟他道过谢，无计可施，只得径直问他认识劳尔不。他说劳尔是他表兄，说他住在蒙特港，来这边是因为要去圣地亚哥办点儿事。“我是劳尔的邻居。”我跟他说。“再见，劳尔的邻居。”说完他就逃也似的离开了。

“这倒有可能。”我把这个不速之客讲给珂罗蒂雅时，她的回答让我有些吃惊。是说劳尔有可能在蒙特港有个表兄？那这个表兄不也就是珂罗蒂雅的亲戚吗？

“我家人多，南边有好些我不认识的叔叔。”珂罗蒂雅不动声色地转移了话题。

接下来的几个月，劳尔家先后来过五个陌生人，但珂罗蒂雅对这些消息都无动于衷。直到有一次，当我告诉她有个女人在劳尔家过夜，而且不止一夜，是连着好几天时，珂罗蒂雅的反应就大不一样了。“估计也是打南边来的吧。”我猜测。“可能吧。”珂罗蒂雅答道，但她显然很惊讶，甚至有些恼怒。

“说不定是相好的，劳尔很可能不是一个人了。”我说。

“嗯，”珂罗蒂雅过了一阵才回答，“劳尔是单身汉，完全可以找个相好的。”

“不过，”珂罗蒂雅请求，“我还是想让你尽量留意这个相好的。”

珂罗蒂雅好像在努力忍住泪水。我静静地看着她，直到她起身。“我们到圣庙里面去。”说完，珂罗蒂雅在圣水池中浸湿双手，洗了把脸。我们站在一排巨大的烛台边，烛油从枝枝新烛或行将燃尽的烛根流下。那是求福的人们点亮的。珂罗蒂雅双手靠近烛焰，像是取暖似的并拢指尖。她姿势滑稽，手指上沾满烛油，想祈祷求福。她不会祈祷，我教了她。

我们坐在最靠前的长凳上，我虔诚地望向祭坛，珂罗蒂雅则环视四周，一面面辨认圣女卡门像两侧的国旗。她问我知不知道为什么有这些旗子。“都是美洲国家的旗子。”我回答。

“是呀，但为什么在这儿呢？”

“我也不知道。”

珂罗蒂雅握住我的手，告诉我阿根廷的国旗最漂亮。“你呢？觉得哪个最好看？”我正要说美国，还好没说出口——珂罗蒂雅马上说她觉得美国国旗最丑，简直没法儿看。我则回应说我也觉得，那星条旗真是让人恶心。

接下来几个星期，我都傻等着那个女人再次出现。终于，一个星期六的早晨，她又来了。其实她还是个孩子。我估摸着也就十八岁左右吧。这人实在不大可能是劳尔的女朋友。

我一连几个小时都在想办法听清她和劳尔的对话，可他们几乎没说几句，我什么也没听到。我以为那女孩儿会留下来过夜，可她当天下午就走了。我跟上了她，还自以为是地披上件红夹克作掩护。女孩儿快步走向车站，我站到她旁边，本想跟她说话，却一直开不了口。

公车靠站了，我必须在几秒钟内决定是否上车。当时我已经可以一个人坐公车上学，不过路程很短，也就十来分钟。而这次我上车后，就坐在女孩儿正后方，度过了整整一个半小时担惊受怕的漫长路途。

我从未离家这么远。这次，这座城市给我留下的深刻印象，至今仍不时在脑海中浮现：我觉得城市是一个没有形状的空间，既开放又封闭，有着形态各异的广场，却都十分空旷；人们空怀一腔热忱，在狭窄的道路上埋头前进，仿佛唯一能做的，只有被迫隐姓埋名，一路向前。

夜色渐渐笼罩在我眼前这个神秘的脖颈上，我愈发专注地盯着她，似乎这能让我忘掉陌生感，又似乎这目不转睛的注视能保护我。公车渐渐拥挤起来，一位妇人看着我，好像希望我能让座给她，可我不敢贸然离开这座位，只好装成是个智障儿；或者说，我做了些让别人以为我是智障儿的动作：痴痴地看着前方，好像全然沉浸在自己的想象中。

劳尔的疑似女友突然下车了，可我毫无准备，胳膊肘左推右撞，好不容易挤到了门边。她还等着我，拉我下了车。我继续摆出一副智障小孩儿的模样，其实她看出我不是，知道我是劳尔的邻居，一直在跟踪她，而且似乎已经打定主意要跟踪她一下午。不过，她的眼神中没有责怪，相反倒满是真诚。

带着无畏的冲动，我在迷宫般纵横交错的宽阔老街上开始了冒险之旅。女孩儿时不时回头冲我一笑，加快步伐，好像在玩什么有意思的游戏，而不是什么大不了的事。突然间她小跑起来，然后越跑越快，我差点儿跟丢了她，还好远远又看到她进了个仓库之类的地方。我爬上一棵树，等了几分钟，终于等到她出来。她大概是以为我已经走了。又穿过差不多半个街区，好像是到家了。她进去后，我走上前，看到绿色的栅栏和蓝色的外墙，来了兴趣：以前我还没见过这样的颜色搭配呢。我把地址记在小本子上，特高兴自己弄到了如此精确的情报。

我费尽周折才找到坐回程公车的地方，还好我清楚地记得站名：多芭拉巴。我到家时已是凌晨一点，恐惧让我根本没法编出个像样的理由。爸妈去了警察局找我，这事儿在邻居中传得沸沸扬扬。最后我只得说我在一个广场上睡着了，刚醒来没多久。爸妈相信了，以至于后来还带我去看了医生，检查我的睡眠问题。

仗着我的新发现，周四我去见了珂罗蒂雅，准备细细跟她讲述关于这个假想中的劳尔女友的一切。

然而事情的发展出乎我所料。那天珂罗蒂雅来迟了，还带了个人。她友好地向我介绍这个叫埃斯特万的留着金色长发的小子。珂罗蒂雅说他是自己人，什么都知道。我深感意外，相当烦躁，都没敢问那人是他对象还是哥哥，或是别的什么关系。小伙子十七八岁，比珂罗蒂雅大一点儿，比我则年长不少。

埃斯特万在超市买了三块面包和一块冷肉。我们没去圣庙，一直在广场上吃东西。那小子沉默寡言，而那天下午我更是无话可说。大概是报复心理作祟，我压根儿没对珂罗蒂雅提起我的新发现：我可对眼前这一切毫无准备，想不通怎么能有人介入我和她之间的事情，想不通她怎么能和别人共享我们的秘密。

我表现得跟以前一样，但接下来的几次碰头都没去。我觉得我就该忘掉珂罗蒂雅。可几个星期后，我居然收到了她的来信。她急匆匆地约我见面，说我任何时间都可以去找她，哪怕是她妈妈在时都行。

我到她家时是晚上九点。玛卡丽开了门，问我是谁，可显然她早就知道了。珂罗蒂雅亲热地招呼我，告诉她妈妈我是劳尔的邻居，似乎高兴得有些过头。“长这么高了啊！”她妈妈招呼着我，“我刚才都没认出你。”显然，这场面是她俩一手导演的，她妈妈抛给我的所有问题也像是经过精心准备的。这情形让我有些发懵。我问她是不是还在教英语，她笑着说是，说英语老师这个工作可不是说丢就丢的。

我让珂罗蒂雅跟我说说发生了什么事：到底是什么变故，能解释我现在出现在这个地方。“事情不久前有了变化，”珂罗蒂雅回答，“情况在慢慢改变。你没必要再监视劳尔了，随时可以来找我，但不是非要来报告什么信息。”珂罗蒂雅这样强调。最后，我非常茫然地告辞了。

后来我去找过她一两次，但都碰到了埃斯特万。我一直不知道他是不是珂罗蒂雅的对象，不过反正我看不惯他就是了。于是我干脆不去她家了。日子如疾风般匆匆而过。好几个月，甚至可能差不多有一年，我都没再去想珂罗蒂雅，直到有天上午，我看到劳尔开着辆白色小卡车，上面装着几十个箱子。

一切都毫无预兆。我走上前，问劳尔要去哪儿。他没回答，只看着我打了个含混不清的手势。我跑着去了珂罗蒂雅家。我要把这事儿告诉她。这奔跑的途中，我发现我希望她能原谅我。可珂罗蒂雅已经不在了。“几天前搬走的。”邻居告诉我，“我不知道她们去哪儿了，我哪儿能知道呢，可能是别的村吧。”

Ⅱ. 父辈的故事

我的小说不久前有了进展。我整天想着珂罗蒂雅，仿佛真有其人。一开始我还犹豫要不要给她起这个名字，要知道我们这代人估计百分之九十的女人都叫这名字。她就该叫珂罗蒂雅，这称呼我叫着不累：珂罗蒂雅。

我喜欢让我笔下的人物有名无姓，这样省事儿。

*

突然某一天，这栋屋子似乎已容不下我。我想重新开始，整理书本，挪挪家具，打理花园。没一件是容易活儿。好在眼下，一丁点儿龙舌兰酒就让我舒心不少。

下午我和艾米聊了聊，这是很久以来我们第二次聊天。我俩谈到朋友们，然后，分手一年多以后，我们说到了艾米带走的和无意间落下的那些书。如此温文尔雅地追忆失去的一切对我而言甚是痛苦。最终，我甚至鼓起勇气请艾米把艾贝·华特①和赫塞芬纳·维森斯②的书还给我，我太想念它们了。“我都读了。”艾米告诉我。一时间我认定她在撒谎，其实这种事她从不瞎说。事实上，她从不撒谎。我们的问题正在于此，那就是我们从不说谎，时时刻刻都想做个老实人，我们正是败给了这个愿望。

然后艾米跟我讲了她住的房子，那可是座豪宅，就在离我家二十来个街区的地方。她跟两个朋友合住。“你不认

① 艾贝·华特（1936—　），阿根廷女作家。
② 赫塞芬纳·维森斯（1911—1988），墨西哥女作家。

识她俩。”艾米介绍道，“其实她们也不算什么朋友，不过，我们这几个奔四的女人，眉飞色舞地大谈各自的伤心往事时，可真是个绝佳组合。”我说我可以去看她，给她带她要的书。她拒绝了。“我自己来吧，圣诞后哪天都行。你招呼我喝杯茶，我们随便聊聊。”

“我们分手后，”她突然开口，以一种力图轻松的口吻说，“我们分手后，我跟两个男人睡过。”

“我没跟任何男人睡过。”我开玩笑地说。

“这么说来，你可没怎么变。”艾米也笑了。

“不过我倒是睡过两个女人。”其实只有一个。我这样撒谎，大概是为了跟她打个平手。其实这玩笑我已经开不下去了。“哪怕只是想象你和别人在一起，我都受不了。”我坦言。然后我们就一直沉默。

我还记得她离开时的情形。“离家出走的一般都是男人啊。”就在她哭着收拾东西时，我没头没脑地冒出这么句毫无意义的话：离家出走的一般都是男人啊。有时候我觉得，这栋房子该是她的，所以我才住得不自在。

能再和她说话真是幸福，也算是顺理成章。我跟她提到我的新小说，说书的开头循规蹈矩，可没多久就全无章法了。

“你怎么不一口气写完呢？”她建议，好像根本不认识我，好像从不曾陪我度过那么多伏案写作的不眠之夜。

“不知道。”我答道。我是真的不知道。

此刻的我，带着微微醉意在想，也许我是在等待一个声音，一个不属于自己的声音，一个古老、虚幻而又坚定的声音。

又或许，我是希望生活在书中，或许我喜欢写作的过程胜过完成写作。我宁可岁月停驻，沉浸于旧日时光，一直活在那个年代，尽情追逐那些冷漠的面孔，小心翼翼地将它们一一回顾。哪怕模糊不清，也依然凝望。就这样停留过去，静静凝望。

*

不出所料，我一整天都想着艾米。多亏了她，我才为这本小说找到了素材。那该是五年前我们刚住进这栋房子的时候。我们会在床上一直赖到中午，闲话小时候的点点滴滴。跟所有情侣一样，我们恨不得知晓对方的一切，搜肠刮肚地回忆童年故事，好跟另一半交换记忆，也恨不得对方也如此穷尽记忆，在相互占有、相互支配的憧憬中情投意合。

艾米还只有七八岁时，有一回在院子里跟别的小女孩捉迷藏。黄昏降临，该回家了，大人们开始招呼孩子，女孩儿们则应着马上就到——这对抗一直持续，呼唤声一遍遍急促起来，而小姑娘们仍是嬉笑游戏。

突然间，孩子们惊觉夜色已深，呼唤声早已停止。她们以为大人们在瞧着她们，想给她们一个教训，以为大人们也躲了起来。事实并非如此。一进屋，艾米就看到父亲的朋友们哭成一团，而母亲则呆坐在扶手椅上，目光发直。大家都在听收音机新闻，新闻播放着一场暴动，画面上全是死人，越来越多的死人。

“这种事儿已经出过好多次了。”五年前，艾米就那么跟我说的。我们这群孩子顿时明白，原来自己并不那么重要，明白了有些正经事深不可测，是我们没法知晓、没法理解的。

小说是描写父辈的，我以前这么想，现在还这么想。我们抱着这样的念头长大，一直认定小说是描写父辈的。他们似乎注定难逃厄运，一无所知的我们则被庇护于阴云之下。成人们互相残杀时，我们躲在角落里涂涂画画。这个国家土崩瓦解时，我们还在牙牙学语，蹒跚学步，叠着纸轮船和纸飞机。最后，当小说成为事实，我们却玩起了捉迷藏，消失不见。

*

整个上午，我没有写作，而是喝着啤酒读起了《包法利夫人》。现在我觉得这些年里我做得最正确的事就是畅饮啤酒，以及如饥似渴地重读了几本书。说不上是怎么坚持下来的，仿佛书里跳动着自己的血脉，又仿佛书里可以找寻宿命的踪迹。何况，不紧不慢地翻着书，连续几小时躺在床上，毫不理会眼底的胀痛，真是等待夜幕降临的完美状态。是的，我别无所求，只盼夜晚快些到来。

我还记得那天下午，老师转过身，在黑板上写下这样几个单词：小测，下周五，《包法利夫人》，居斯塔夫·福楼拜，法国。寂静感随着字母的增加而层层蔓延，最后只听到粉笔划过黑板时那凄楚的声音。

那时我们已经读过一些差不多跟《包法利夫人》一样的大部头小说，可这次的要求有点离谱：我们得在不到一周的时间里啃完这本四百页的书。好在当时我们也逐渐习惯了这样的“惊喜”；我们刚上中学，十一二岁的年龄，却也懂得今后要读的书都不是那么简单。

至今我依然坚信，当时，老师们压根儿没打算激励我们，倒是想吓跑我们，让我们彻底远离书本。他们从不浪费口舌跟我们宣讲阅读的愉悦，恐怕他们自己也早就丢掉了这种愉悦，甚至从来就没有真正体验过。其实他们可能是挺好的老师，不过当时，“好老师”也无非会背教科书而已。

没多久，我们也摸清了一届届传下来的各种小把戏，全是教我们如何应付老师的，我们学得飞快。所有的小测中必不可少的题型是辨识历史人物，包括一些微不足道的小人物。越是无足轻重，越有可能被出成考题。于是我们一边忍气吞声地背诵各种人名，一边为能拿高分而沾沾自喜。瘸腿小伙子名叫伊波立特，女仆是“福妹”菲里希黛，而爱玛的女儿则叫做白尔特·包法利。记住这些就是大事。

这事儿也有积极的一面，毕竟当时的我们正是这类人：小人物。一大群孩子拖着沉重的书包在街上晃悠。邻居们总是掂着书包重量，开着一成不变的玩笑："你这里面怕是背着石头吧！"圣地亚哥市中心到处都在投放催泪弹，我们背的自然不是什么石头，而是一本本大部头教科书。

《包法利夫人》是那时我家为数不多的藏书之一，所以我当晚就开始读它，可又实在对那些描述毫无耐性。福楼拜的文字看得我昏昏欲睡，我不得不采用父亲教我的紧急应对策略：读头两页，然后径直跳到最后两页。这样，知道小说的头尾之后，再来通读。"万一读不完，至少你也知道了凶手是谁。"父亲这样告诉我，好像每本书里都一定会有个凶手似的。

我知道的关于《包法利夫人》的第一件事就是，第一章里那个沉闷的高个子男孩最终会告别人世，他的女儿则会进纱厂做工。我也知道爱玛会自杀。有些父母担心自杀这话题对于十二岁的小孩来讲太过沉重，但我们的老师并不赞同，她认为一个债务缠身的女人被迫自杀是很现实的话题，十二岁的孩子完全能懂。

我没再读那本书。我看了看同桌写的总结，并于测试前一天在迈普的录像厅里找到了影碟。母亲本不同意我看，觉着我这年龄还不太适合这些内容。我对此颇有同感，认为这是情理之中的事，因为《包法利夫人》听着像色情小说——所有与法国有关的东西都让我觉得色情。

从这个角度来讲，电影实在让人失望，我却看了两遍，测试时写满了整张卷子。不过我只得了3.6分，以至于之后一段时间我老把《包法利夫人》跟3.6和那部电影的导演名字联系在一起。老师把这名字跟那个惨不忍睹的分数写在一起，还加了感叹号：文森特·明奈利[①]！

现在我在小说里找寻有白尔特的章节。当时我只记得在第二部分第五章里，有次爱玛看着白尔特，不解地想："这女孩怎么这么丑。"此外，我还记得查理死去时那可怕的一幕，那时白尔特还以为父亲跟她闹着玩儿呢——"孩子以为父亲跟她开玩笑，于是推了他一下。包法利掉到了地板上。他已经死了。"

我喜欢想象白尔特在院子里奔跑，而她母亲则躺在床上静养的场景：爱玛在房间里静静地聆听卡车驶过的声音，吃力地挪向窗户，好看看外面那荒凉的街道。

我也喜欢想象白尔特学认字的场景。最早是爱玛想教她学习。幻想破灭后，她已然决定回归平淡的生活，相夫教子。白尔特尚且年幼，显然还听不懂母亲的谆谆教诲。但爱玛每天、每周、每月都保持着举世无双的耐心，教女儿认字，给穷苦人家缝补衣服，甚至讲解经文。

一段日子后，查理带白尔特去散步，还拿了本医书想教她认字。可小女孩儿毫无学习劲头，查理伤心透顶，放声大哭。

还有一幕是查理心满意足地想象着白尔特的未来：十五岁的姑娘戴着大大的花边遮阳帽，漫步在夏日阳光中，

① 文森特·明奈利（1903—1986），美国著名电影导演，执导了一九四九年美国版《包法利夫人》。

美得像是和她母亲一个模子里刻出来的，远远看去简直像两姐妹。毫无疑问，查理的想象大错特错。

*

艾米终于来了。她送我的圣诞礼物是一个小瓷瓶，装满了零散的单词。我们摇出的第一个短语看着还挺应景：

只有爱与喧闹①

艾米给我看了她最近的画作，却不愿听我读我小说的开头。她用我从未见过的姿态打量着我，我没法描述那姿态。

这如何叫人不感到震撼呢：一张我们深爱的人的面孔，我们和它的主人朝夕相处，以为了解至深，甚至以为那是我们唯一熟识的面孔，多年来我们一直近在咫尺地注视着它。可就是这样一张面孔，当我们发现它居然毫无预兆地绽放新姿，会觉得妙不可言，也会感到不寒而栗。那些姿态我们从未见过，并有可能再也无法得见。

曾几何时，我们不知道树木小鸟的名称，也没必要知道。我们记诵的词汇屈指可数，一句“不知道”足以应付任何问题。我们不把这看作无知，而称之为老实。

---

① 原文是英语，Only love & noise。

后来，我们学会了修辞，认识了各式各样的树木、飞禽、河流。最终我们认定，哪怕只言片语，也好过沉默无话。

可我并不怀旧。

不，也并非如此。我只是希望自己不怀旧。放眼望去，总有人不断忘怀昨日梦想。从未触动情感的歌曲停留在记忆里；我们一一拜访逢场作戏的昔日恋人、虚与委蛇的旧时同窗；我们张开双臂，迎接所有道不相谋之人。

我震惊，我们能如此轻易地遗忘所感所爱，转眼就以为一切心愿感触都今非昔比。可与此同时，我们还指望旧日笑话能让我们再度开怀。我们希望，也以为，还能再度回到那阴云庇护下的童年。

我就困在这个陷阱、这部小说里。昨天，我写完了一别近二十年后，主人公重逢的一幕。我欣赏这个结局，可有时候又觉得不该让他们重逢。“纵使相逢应不识”才更合适。或许他们在同一条街上擦肩而过，甚至可能隔着柜台相谈甚欢也互不相识。

我们真的在二十年后还能认出一个人吗？如今的我们，还能否透过一丝隐隐的印迹，辨认出某张遥不可及的面孔上那些独一无二却已然布满岁月痕迹的特征？整个下午，我就在想着这些，思索着这一切。

相忘于江湖于我而言是桩美事。大家继续各自迥然不同的生活，直到此刻，才彼此稍稍靠近，但仍如同两条平行线，永无交汇的可能。可这本小说不该由我来写。我只希望做个读者。毕竟，在我写的小说里，主角再度相遇了。我需要他们再度相遇。

*

“他们相爱了？这是个爱情故事？”

艾米这样问，我只是一笑。她下午到，我们喝了几杯茶，听完了一整张奇想乐队[1]的唱片。我求她听我读几页小说稿，可她拒绝了。“我想过一阵再听。”她解释道。

“我写的是你。女主角有好多你的特征。”我怯怯地说。

“这样说来，我就更该过一阵再听了。”艾米一笑，随即补充道，“我真高兴你又开始写东西。我喜欢你写书时的样子。写作对你有好处，能保护你。”

“保护我什么？”

“每个词语都能保护你。你要字斟句酌，这多好。”

艾米又问了我一些小说的细节。我答得极其简略。说到珂罗蒂雅的时候，我又对这个名字产生了怀疑。

接下来艾米半开玩笑地问，小说主人公是否会就此厮守终生。我没能掩饰住不耐烦的神情，跟她说不会。我告诉她，主角在成年后重逢，有那么几个星期，或者几个月纠缠在一起，可绝不会厮守终生。我还说，情节不该如此，也不会如此。“在一本好的小说里确实不会，不过在劣质小

① 奇想乐队（The Kinks），活跃于二十世纪六七十年代，是英国流行摇滚的奠基乐队之一。

说里倒是一切皆有可能哦。”艾米边说边扎头发，看上去活力十足，神色妩媚。

我看着她微启的双唇、她的面颊和短短的睫毛，它们仿佛全在沉思。艾米告辞了。我希望她多待一会儿，可她还是走了。她把我讲的情节当真了。其实她有道理。我也认为，当下我们还是别住一起的好。我们需要时间。

然后我打算接着写下去，却不知道如何下笔。我无意讨论孰是孰非，只想让我们曾经藏身的角落重见天日。问题在于，我没有自信把它写好。我与自己笔下的故事太过相近。一方面，我放任回忆泛滥，榨干记忆；另一方面，我也大肆编造。我的大脑再次一片空白。一个才思枯竭的作家眼巴巴地对着屏幕，这画面真滑稽。

我没告诉艾米，她不在身边的日子，写作对我来讲何其艰难。我依旧记得，每当夜深人静，当我靠近她，想给她读上一段或哪怕一句小说时，她那睡意蒙眬的脸庞。她总是静静聆听，点头赞赏，或直言评论：“不该这样，这个角色不会说这种话。”她的洞察总是深入本质，弥足珍贵。

现在我又可以在她身边写作了。想到这里，我倍感幸福。

*

昨晚我走了好几小时路，仿佛渴望迷失在某条崭新的街道中——彻底而幸福的迷失。有时，哪怕我们深入歧途，哪怕我们茫然无措，又哪怕我们渐行渐晚，深感黎明将至，我们依旧无法、也无力迷失自我。在那样的岁月里，哪怕我们竭尽所能，最后依然发现，我们丝毫不懂、不能迷失自我。或许，我们就是这样追忆着能够自我放逐的往昔，追忆着一切都崭新如初的岁月。

好几天里，我都回忆着迈普的风光。在那儿，砖房两两相连，通通铺着光亮亮的地板；而眼前这片我已住了好些年的老街上，房舍各不相同，既有镶花地板，也有粗石路面。这些街道长什么样与我毫不相干，我却带着亲切感一一走过。它们有的以人命名，有的以地命名，抑或是以那场场或失败或胜利的战争命名。它们不同于那些幽灵般的道路，不同于那个充满谎言的世界，我们在那个世界匆匆成长。

*

今天早上，我在社区公园看到一个女人在长椅上读书。我在她对面坐下，想看清她的脸，但是没能如愿。她的目光完全沉浸在书本中，一时间我以为她知道我在看她，因为她双手把书本举到跟眼睛一样高，两肘仿佛撑在一张隐形书桌上——她或许想以这种方式掩护自己。

我看到了她洁白的额头和几乎金黄的秀发，却一直看不到她的眼睛。书本成了她的面具，珍贵的面具。

她修长的手指如同纤细而有活力的枝条般撑住书本。

我一度靠得相当近，像是渴望端详她新修的指甲，光洁整齐，如同根根经过打磨。

我确信她感觉到了我的存在，却始终未放下书本。她就这样举着书，像是在极目远眺。

阅读就是掩饰面容，我想。

阅读就是掩饰面容，而写作则是揭开面纱。

*

今天我读了《智利之战》[1]，帕特里西奥·古斯曼[2]导演的纪录片。以前上学时我只看过几个片段，主要是第二部分的，讲的是民主时期。我记得当时学生会主席不停评论电影场景，每隔一会儿，就停下录影带，提醒我们，看看这些影像可比背乘法口诀表重要多了。

我们当然能领会主席的意思，可也觉得这例子太傻气：既然我们能进这所学校，当然早就会背乘法口诀。礼堂的最后一排有人打断主席，询问看这片子是否也比学习小数除法重要。立马有人接着问，我们能不能多看几遍这了不起的片子，而不用背元素周期表。不过这次没人笑。主席没搭话，只是用悲哀和嘲讽的目光看着我们。这时有位同

① 帕特里西奥·古斯曼在阿连德于一九七〇年执掌智利政权后拍摄了一系列纪录片。阿连德政权被推翻后，古斯曼逃到古巴，将其保存的资料拍成多部反映一九七〇至一九七三年智利历史的影片，《智利之战》即为其中之一。

② 帕特里西奥·古斯曼（1941—　），智利电影工作者，以拍摄纪录片见长。

学插话了：“别拿这些事儿开玩笑。各位懂了道理，再留下来。”

我不记得，或者说是根本没有看过《智利之战》中讲述迈普这片土地的一段：工农群众奋起保卫土地，与萨尔瓦多·阿连德[①]政府的一个代表激烈争论。我寻思着这大概是发生在以前的阿拉丁街。如今，我们居住的这些被冠以亡者之名的村子，正是崛起在这片土地上。这片土地没有过去，只属于皮诺切特时期的智利。

*

重新进入民主时代，学校已经截然不同。那时我刚满十三岁，终于开始慢慢认识我的同学们——一群惨遭谋杀者、被虐者或失踪人员的子女。当然，也有施暴者的子女。总之，富的，穷的，好的，坏的孩子；包括善良的或是下流的富家子弟，以及邪恶的抑或好心眼儿的穷孩子。这样分类有些荒谬，不过我记得我就是这样划分那群人的。我也曾毫不自满亦毫不自怜地认为，我不穷不富，不好不坏。可做个不好不坏的人并不容易。我觉得这样的人本质上还是坏人。

我想起了一位历史老师，我对他倒谈不上喜欢。那时

① 萨尔瓦多·阿连德（1908—1973），智利社会党领袖，一九七〇年大选获胜，组成人民联盟政府，出任总统，是拉丁美洲第一任自由竞选获胜的总统，死于一九七三年军人政变。

我念初三，十六岁。有天早上，三个从警察局逃出来的小偷躲进了学校的停车场，警察们追上三人，朝天放了几枪。大家都吓坏了，全都趴到地上。事情过去后，我们惊讶地看到那位老师还在桌子底下哭，两眼发直，双手捂住耳朵。大家找来水，想让他喝点，可最后却不得不把水全泼在了他脸上，叫他清醒。我们告诉老师并不是军队回来了，他才平静下来。我们还告诉他可以继续上课了。老师大叫："我不想待在这儿！从来不想待在这儿！"然后，彻头彻尾的沉默笼罩了我们。那沉默如此奇妙、让人心安。

几天后我在课间休息时碰见了这位老师。我问他是否还好，他则向我表示感谢，以自己人的口气对我说："看得出来，你知道我的遭遇。"我当然知道，众所周知，他曾惨遭折磨，表兄也被捕失踪。"我信不过这样的民主。"他接着说，"智利现在是、以后也仍会是个战场。"他问我参军了没，我说没有。然后他又问起我的家人，我告诉他独裁期间我的父母都置身事外。老师用惊讶的、或者是有些不屑的目光看着我——是的，他看我的目光充满好奇，可我感觉，那里面还有轻视。

*

在蓬塔阿雷纳斯[①]，我既没写作也没阅读。一整周，我

---

① 蓬塔阿雷纳斯，世界上最南端的城市，是智利共和国麦哲伦-智利南极大区的首府。

都在努力适应新的气候，跟新朋友们谈天说地。回程的飞机上，我旁边坐着两位妇人，跟我细细讲述了她们的人生。直到两人问起我的职业前，一切都还相当和谐。这个问题我从不知如何回答。以前我说我是老师，而这个回答通常总会引发关于智利教育危机的冗长无谓的对话。所以现在我说我是作家，如果被问起我写什么，为了避免费神的解释，我都会说我写的是剧情小说。这也不全是谎话，毕竟所有小说——包括我的小说里，都会发生形形色色的故事。

不过，坐在我旁边的女士没问我写什么书，而是好奇我的笔名。我告诉她我不用笔名，说从好几年前开始作家们就都不用笔名了。女士怀疑地盯着我，从此刻起她对我就兴致大减。下飞机时她劝我别担心，说指不定我很快就能想到一个不错的笔名。

*

不久前，诗人罗德里格·奥拉巴里亚来看我。我们并不熟，却有种似曾相识的信任联系着彼此。我喜欢听他的忠告。现在回想起来，有段时间，似乎全天下都在提出各种忠告。生活就在于提出和接受这些忠告。然后突然之间就没人渴望更多劝告了。可是为时已晚，我们已经迷恋上逆境，伤痛正如一个个纪念杯，跟小时候在树丛间玩耍后留下的疤痕一样。罗德里格依然会提出忠告，并同样乐于听取和接受。他迷恋逆境，但也同样热爱这表达友情的古老而高贵的方式。

我们听了一下午比尔·凯乐汉[1]和“伟大的艾米[2]”，感觉不错。我对他说起了飞机上的对话。他说：“我们约个时间吧，找天下午，来挑个笔名。你会发现我们能找到不错的名字。”

罗德里格已经不记得第一次看《智利之战》是什么时候了，但这部纪录片却印在了他的脑海里——八十年代中期，他的父母在蒙特港贩卖盗版音像，以资助共产党活动。八九岁的时候，罗德里格就开始负责交接磁带，把新的拷贝存放在一个纸箱子里。“我常常整个下午都忙着干活儿，用四个录像机和两台电视机复制片子，唯一的休息就是看13频道的《太空堡垒》。”

*

我感冒得厉害，已经卧床好几天了，只能用无休止的电视节目来缓解病痛。艾米的来访总是短得可怜。我又求她听我念小说的头几页，她再次拒绝了我，理由真是又现实又可怜：“你感冒了。”就在刚才，她还又一次回绝了我的请求。显然，她不想听这些，也许是因为不愿重拾关于我们那段关系的记忆吧。

就是这样了。刚才我看了小津安二郎那部唯美的电影

① 比尔·凯乐汉（1966— ），美国创作型歌手，吉他手。
② 伟大的艾米（Emmy the Great，1984— ），英国创作型女歌手。

《早安》。知道这部电影的存在，并且能翻来覆去一直看，真是莫大的幸福。

*

早上，我给自己下达了个愚蠢的任务：把香烟藏在家里的各个角落。我当然找得到它们，不过如今我很少吸烟，比以前少多了，我得争取快点好起来。可感冒一直不好，我甚至认定自己染上了猪流感。只有发烧这一个症状我没有。其实我刚在网上读到，有的猪流感病例并无发烧症状。

昨晚，正儿八经的病人和有患病臆想的人塞满了尹迪莎诊所的急诊室。意外的是，居然很快就轮到了我。事情是这样的：一个少年白头的男医生走出来，指着他胸前的标牌对我说，“我们是一家人。”从某些角度说，我们当然有可能是亲戚。“我买了你的书，”医生告诉我，“可还没读。”他表达歉意的方式有些唐突，或者说可笑：“我没时间，连读你写的那种很短的书的时间都没有。不过，一年前我在卡雷诺跟我的家人说起过你。”为了逗医生开心，我假装无知，问他卡雷诺在哪儿。

“在意大利，意大利北边。”医生有些诧异，随即垂下目光，像是宽恕了我的无知。他问起我父亲、祖父、还有曾祖父的名字。我不情愿地答着，很快厌烦了这一大串问题，告诉他这样的对话毫无意义。“简单点说，我们就是平民百姓。”我这样说道，“我们都是打工的，老板也普普通通。”我还告诉他，我家都是棕色人种——医生是白人，其貌不扬。有些人身上这种厕纸般的白色让我觉得虚假。无奈医生从我身上找不到一丝“贵族气”，于是告诉我他每年都要去卡雷诺，那里到处都是跟我同姓的人，因为从古至今，这个家族对于跟外族联姻一向持保守态度。“好多夫妇都是血亲或表亲，所以人种不算太好。”医生说。

“我们可没这毛病，”我应道，“我家对表亲一向规矩。”

医生笑了，或者说他装笑。说不上为什么，我想跟他道个歉。就在我慢条斯理地组织语言时，医生问起了我的病情。这会儿他心疼时间了，两分钟就给我看完病，一口咬定我没得什么猪流感，像是在怪我胡思乱想。他甚至连我抽烟的情况都没问。

我带着一堆常规感冒药回到家里，感觉受了什么侮辱。我想着医生说的那些家庭，想着遥远的卡雷诺，想着自己脏兮兮的脸如果蒙上白皮肤会是什么样，还想到了一度渴望学医的远大梦想。我又想象着这位比我年长的医生，在医科大学铿锵有力、颇不耐烦地申辩：“不是！我们不是一家人！”

*

父母抛弃子女。孩子丢下父母。父母是溺爱也好，放任不管也好，终究都保护不了孩子。儿女是留下也好，远走高飞也好，最终也陪伴不了父母。一切都毫无道理，尤其是那些个陈词滥调——我们需要警句格言，可这些老话也让我们困惑，毕竟，我们渴望引吭高歌，或至少哼出点小调，哪怕只在舞台边儿上哼哼。我们就想当这样的演员，静候出场，可观众却早已远去。

*

今天我编了个笑话：

“我长大了要当个配角。”儿子对父亲说。

“为什么？”

“什么为什么？”

“为什么你想当配角？”

“因为是你写的小说。”

*

此刻我在父母家写东西。我有些日子没来了。我比较喜欢午饭时间去看他们。不过这次我打算跟老爸一起看智利和乌拉圭的比赛，顺便修改一下小说细节。小说里也有这样一趟旅程：惶惶不安的小主角，在跟踪了以为是劳尔女友的人整个下午后，终于回到家中。写这段时，我想起自己在真实生活中的一次出走，大约也跟主角一个年纪。

一天午饭后，我正要出门，父亲拦住了我，要我在家复习英语。我问他为什么，反正我的英语成绩已经不错了。“因为你太不正经了，就知道往外跑。”我清楚地记得，他用了“正经”这个词。“还因为我是你爸，你总得听听我的。”

我很不服气，但还是去看了英语书，或者说，假装去看了。晚上睡前，我气还没消，于是告诉父亲我烦透了当小孩子，烦透了做什么事都要征得别人同意，这样还不如当个孤儿。我说这话无非是为了气他，可他用狡黠的眼光扫了我一眼，就去跟我母亲聊天了。然后他们走过来，我从母亲的样子看出他们对于自己的决定并不那么乐意，但却一定会要我执行。

跟我开口前，他们把姐姐也叫来了。父亲先对她说，他们一直犯了个错，之前一直以为她是姐姐，可刚刚才发现弄错了。“所以现在我们要把房子钥匙交给你兄弟。”然后他转过来，盯着我的双眼说：“你可以自由进出，从现在起，你自己做主，不会再有人问你去哪儿，有什么作业，什么都不会问。”

就这么说定了。这样的特权我享受了好几周。大家都像对大人那样待我，言谈恭敬。我渐渐绝望了。我跟母亲说，没准儿哪天我可能一个人就去很远的地方了，她让我别忘了带个行李箱。我没有带行李箱。一天下午，我真的随便上了一辆公车，漫无目的，满心哀愁，一心要走到路的尽头。

我终究没有到达路的尽头，倒是来到了离我现在的住处很近的一个小区。我离开了一个多小时，回家时被好一通臭骂。这正是我想要的。我把爸妈找回来了，我也开心了。并且，我还发现了一个崭新的天地，并不吸引我，可毕竟是新天地。

现在这条路已经不在了。我又是地铁又是公车，才经过巴哈里多斯到了迈普。道路两旁的中餐馆让我目不暇接。多年前开始，迈普就成了一个小而繁华的都市，我小时候逛过的那些商店，现在都成了银行或快餐连锁店。

到达前，我绕道去了卢西拉·科多依·阿卡亚卡街。街道尽头是一扇色彩耀眼的电动门，跟内夫达利·雷耶斯·巴索阿托街一样。我没敢求过往的人带我进去。我只是想瞧瞧珂罗蒂雅的家。在现实中，有段时间，那是我朋友卡拉·安德鲁的家。我转而去了阿拉丁街。街上随处可见各式阁楼，一幢幢二层小屋灯火通明，屋顶形状各异。如今已不是追求平等的时代，一切已然相反。有的房屋摇摇欲坠，有的则富丽堂皇，还有些看上去像是早已荒废。

父母家也变化不小。我惊讶地看到客厅里摆着个新书架，上面有那本《机动车百科大全》、《BBC 英语教程》和杂志《埃西亚》[①]，以及智利、西班牙和世界文学集。中间那排是伊莎贝尔·阿连德[②]、埃尔南·里维拉·莱特列尔[③]、

---

① 智利半月刊杂志，内容以经济、政治、社会话题为主。

② 伊莎贝尔·阿连德（1942— ），智利女作家。

③ 埃尔南·里维拉·莱特列尔（1950— ），智利作家。

玛赛拉·塞拉诺[1]、约翰·格里森姆[2]、芭芭拉·伍德[3]、卡拉·瑰芬班恩[4]和帕布罗·西蒙内提[5]的小说。最下面几层是我小时候看过的：塞尔玛·拉格洛夫[6]写的《将军的指环》、佩德罗·普拉多[7]的《阿尔西诺和神鹰》、儒勒·凡尔纳的《沙皇的信使》、弗朗西斯科·路环[8]的《最后一名小水手》、瓦列里·拉赫博[9]的《费明娜·马尔克斯》。我小时候还想把这些书都收藏起来，后来却全忘在了一个盒子里，盒子还是父母在阁楼夹层里找到的。

此时一下子看到这些书整整齐齐地码在这个红色书柜里，我有些激动。柜子两侧装点着狩猎图和晨曦图，还有一副陈旧的维拉斯奎兹[10]的《仕女图》的复制品。这幅画一直挂在家中，直到现在父亲还会得意洋洋地跟客人解说："这个人就是画家，维拉斯奎兹，他在画他自个儿。"

"全靠这个书柜，你妈才开始读点儿书，我也一样。你知道的，其实我更喜欢看电影。"父亲边说边打开电视，比

---

① 玛赛拉·塞拉诺（1951— ），智利女小说家。
② 约翰·格里森姆（1955— ），美国律师、作家。
③ 芭芭拉·伍德（1947— ），美国女小说家。
④ 卡拉·瑰芬班恩（1959— ），智利女作家。
⑤ 帕布罗·西蒙内提（1961— ），智利作家。
⑥ 塞尔玛·拉格洛夫（1858—1940），瑞典女作家，一九〇九年诺贝尔文学奖获得者。
⑦ 佩德罗·普拉多（1886—1952），智利诗人、小说家。
⑧ 弗朗西斯科·路环（1910—2002），智利小说家。
⑨ 瓦列里·拉赫博（1881—1957），法国作家。
⑩ 维拉斯奎兹（1599—1660），西班牙画家，南欧巴洛克绘画的代表人物。

赛正好开始。我们喝了一大罐子皮斯科鸡尾酒来庆祝马蒂·费尔南德斯和胡贝托·苏亚索的进球。我比父亲多喝了不少。想到从来没见过父亲喝醉，我就把这话说了出来。“我可看见过我爸喝醉了好多次。”这是他的回答，话语中隐隐有些伤悲。

“别走了，明天你姐姐要来吃午饭。”母亲恳求，随即又补充了一句，“何况你这样子哪能开车啊。”她老是忘了这事儿，我只得提醒：“我没车啊。”“哟！可不是！这你就更不能开车了吧。”母亲大笑。我喜欢母亲的笑容，尤其是莞尔一笑，笑里兼具了冷峻和甜美。

我十五年前就离开了家，可此刻，当我走进这间曾属于我的屋子时，依然莫名悸动。如今，这间屋子成了杂物间。屋子靠里是放满碟片的隔板，我读过和写过的书，还有相册，都被挤在角落。我的书和家人的回忆靠在一起，我觉得很美好。

*

刚才，凌晨两点，我起身煮咖啡，惊讶地看到母亲坐在客厅，用生涩的有些滑稽的姿势品着马黛茶。“我想抽烟了，只好来喝杯茶。”母亲笑着说。她烟瘾不大，一天也就五支，不过父亲戒烟后，就不许她在家里吸烟了，打开窗户又太冷。“我去抽支烟，”我说，“我们一起去吧。老爸可不能管你抽烟，你们这年纪，用不着这样了。”我说。

“他也就是不许我抽烟而已。我不许他做的事儿可多了去了，像不准吃肥肉或是太多糖什么的，这很公平。”

我最终还是说服了母亲，我们躲进一间专门建来放新洗衣机的小屋里开始抽烟。母亲的姿势一如既往，女人味儿十足：烟头朝下，兰花指翘在嘴边。

“万一明天你爸发现我们一起抽烟，我可怎么办？”母亲突然问。

“你别跟老爸说我俩都吸烟了。如果有味道，就说是我抽太多，是我身上的烟味儿。就这么跟他说。然后就转移话题，说你很担心我，因为我抽烟抽得厉害，怕我得癌症死掉。”

“这也太假了。”母亲应道。

“一点儿不假。”我说，“我看我早晚会得癌症死掉。”

母亲长叹一口气，缓缓地摇了摇头，说了句让我颇为意外的话：“我这辈子，从来没遇到过谁像你一样让我开心。你是我认识的最有意思的人。不过其实你也很严肃，这事儿我一直没弄明白。你打小离家，有时我忍不住想，如果你一直在我们身边，生活会是什么样子。好多跟你一般大的孩子都一直和爸妈住一起，我看到他们，就会想起你。”

“生活会糟糕很多，”我答道，“那些个大块头孩子还不都是些啃老族。”

“对，是这样。你说得有理。要是你在，这日子得糟糕不少。你走之前，我跟你爸吵个没完，你走之后就好多了。现在我们几乎不吵了。”

母亲的坦诚让我感到意外，我有些郁闷。好像已经等待良久，母亲随即问我：“你喜欢卡拉·瑰芬班恩吗？”

我不知道说什么好。“我觉得她挺漂亮的，要是约个会什么的还不错，可我没想过跟她上床。”我说，“或许我会亲亲她，但不会跟她上床。也有可能我跟她上床，但不亲她。”母亲尴尬地看着我，样子真是美极了。

“我问你喜不喜欢她的写作风格。”

“不喜欢，妈，我不喜欢这种。”

“我还挺喜欢她的小说。《心的反面》。”

“是《灵魂的反面》。”我纠正。

“嗯，《灵魂的反面》。那些人物让我有归属感，能打动我。”

“可你怎么会对另一个社会阶层的人产生归属感？还有那些情节，都不是你的生活中会发生的啊，妈？”

我问得相当认真。我知道一本正经地说话不是我的风格，不过这次倒是自然流露。母亲看我的目光里掺杂着不快和怜悯，还有一丝鄙弃。最终她开口说：“你不懂。可能我跟那些人确实不是同一个社会阶层，没错，但是大家都知道，社会阶层这东西一直在变。读这本小说的时候，我真觉得，他们的问题就是我的问题。我知道，我说这些让你烦，但你该更包容些。”

“包容”，母亲用的这个词让我觉得非同寻常。直到入睡，我都还想着母亲的这句话："你该更包容些。"

*

午饭后姐姐执意要送我回家。她一年前就拿到了驾照，但一个月前才真正学会开车。还好她毫不紧张。紧张的是我，我干脆紧闭双眼，听天由命。只有偶尔汽车因为提速而大声轰鸣时，我才睁眼。我们一不说话，姐姐就会加速；说得兴起，她又会减速，别的车则不停按喇叭催促。

"你们小两口的事儿，我很遗憾。"将车开下大路前，姐姐对我说。

"这都是好久之前的事了。"

"可我一直没对你说过。"

"我们刚和好。"听到这里，姐姐用怀疑和欣喜的目光看着我。我告诉她，现在什么都还不确定，不过也因此而充满诱惑，我喜欢这样。我和艾米都希望我们能比从前更好，但暂时还不会重新同居。姐姐问我为什么没把这事儿告诉爸妈。"不为什么，"我说，"就是觉得没到时候。"

然后姐姐又问我还打算写书不。我喜欢这种提问方式，因为我可以简单地回答一个"不"就足够了。有时，在心情低落的夜晚，我真的这样认为，觉得自己会突然搁笔不写，也没什么大不了的。可能在将来的某个时刻，我会回忆起自己在很久以前曾是个作家，就像有的人会回忆起自己开过出租车，或是曾在阿乌马达步行街上倒卖过美元一样。

不过我告诉姐姐我会继续写。她问我新书准备写什么。这问题我不想回答，她也觉察到了，于是又问了一遍。“写迈普，一九八五年的地震，还有小时候的事儿。”她问了更多细节，我都说了。到家时，我请她进去坐坐，她不想去，可也舍不得我下车。我很清楚她要问什么。

“你会在书里写到我吗？”

“不会。”

“为什么？”

我想过这问题，当然想过，而且是认真地考虑过。我的回答很坦诚：“为了保护你。”

她怀疑地看着我，有些难过，那神情就像一个小女孩。

“成为什么角色不是好事儿，”我说，“不要出现在任何书里才是最好不过的。”

“那你自己呢？”

“我大概会。这是我自己的书，我不出现不大可能啊。就算主角跟我不一样，就算书里的生活和我的大不相同，我还是得把自己写进去。我打定主意，不用保护自己了。”

“那爸妈呢？”

“也会。有几个角色和爸妈挺像。”

“那你怎么不保护爸妈？”

我无以作答。无论是得不偿失的生活，还是虚情假意的应酬，他们的出场其实都无关紧要吧。可这些我没法解释给姐姐听。

“说不好。这是小说呗。”我答道，“我得走了，姐。”我从不叫她的名字，一直称呼“姐”。我吻了她的脸颊，然后下车了。

回家路上，我还一直想着她，我的姐姐。我想起了安立奎·李恩[1]的诗句：

独子为大
孤寂中懂得
大为何物
仿佛所有从未到来的弟妹
都已然故去

一旦提笔写作，我们就变成了独生子女，好像永远孤独无伴。有时，我憎恨这样的故事，憎恨这个我已经无法脱离、也不会脱离的行当。

*

我曾认定自己没有真正的童年回忆，我的故事或许寥寥几行、最多一页就能写尽，还得用大号字。现在我不这

① 安立奎·李恩（1929—1988），智利诗人、剧作家、小说家、评论家、画家。

样想了。

在父母家过的这个周末坏了我的兴致。我在川端康成一九六二年写给他朋友三岛由纪夫的信中找到了安慰："您母亲怎样说是她的事儿，但您写得棒极了。"

刚才我想写首诗，却只挣扎出这样几行：

曾经的我，将是年长时的回忆
我已然厌倦追寻
一遍遍追寻
那风中残枝的身影

我唯一喜欢的，是这第一行：

曾经的我，将是年长时的回忆

Ⅲ. 晚辈的故事

一九九五年底，刚满二十岁的我离开了家。早在少年时代，我就盼着能逃离这些伴我成长的大街小巷，它们干净过头，毫无生气。我想寻求充满挑战的、真正意义上的生活，或者说，我至少渴望很多小孩子一直渴望的事儿：离开父母而活。

大学期间，我一直寄居陋室，从未间断各种打工。毕业后，我继续四处工作，因为我的专业是文学，学这个的人，最后总是做什么的都有。

几年后，年近三十的我终于当上了老师，算是安定下来了。我试着让生活体面而惬意：下午可以花上好几个小时，读小说、看电视、抽香烟或大麻，喝啤酒或喝廉价红酒，听音乐或什么都不听——有时一连好长时间，都是一片寂静，仿佛我在等着什么事，等着某个人。

我就在那段日子来到了这里。我回来了，不想见任何人，不期待任何事。一个普普通通的夏夜，我大步流星地走在街上时，曾经的蓝墙、绿栏杆和小广场赫然映入眼帘。“就是这里。”我告诉自己，“这是我待过的地方。”我用喜悦而深情的声音告诉自己。昔日情景清晰地浮现在眼前：坐着公车离家，那个女人的脖颈，仓库，大树，苦闷的回程，等等这一切。

然后我想到了珂罗蒂雅，想到了劳尔和玛卡丽。我想象着，或试图想象他们的生活、他们的命运。可片片记忆却在一瞬间灰飞烟灭。有一刹那，我没来由地想着他们是不是已经不在人世；有一刹那，我莫名地倍感孤独。

接下来几天，我着魔般地一次次回到这里。仿佛早有计划，又仿佛漫无目的地向那栋屋子迈动步伐，坐在草地上，随着夜幕徐徐降临，注视着屋子外墙。街灯逐渐亮起，十点以后，三楼的一扇小窗户里也透出灯光。那些天里，这栋房子里唯一的生气就是这三层楼上那点微弱的灯光。

有天下午，我看到一个女人拎着垃圾袋从大门里出来。那女人面容熟悉，我开始以为是珂罗蒂雅。我对她的印象已经相当模糊，也许现在好多张面孔都能跟我记忆中她的样子对上号。女人颧骨瘦削，但有发胖的痕迹。红头发如同一块硬质布料般闪闪发光，像是刚刚染过。尽管有着这样引人注目的外表，但被人这样注视似乎也让她恼火。她低头走路，像是在数着水泥路面的道道缝隙。

我希望能再见到她。有几天下午我带着小说前去，不过其实我更喜欢诗集，因为诗歌的字里行间，可留给我更多空隙来监视。我又开始监视别人，这真让我汗颜，也让我自嘲。我再次成为一个漫无目的的监视者。

有天下午，我决定去按门铃。看到那女人的一刹那我有些惊慌，发现自己冒冒失失，连如何自我介绍都没想好。我支支吾吾地对她说我的猫丢了。她问我猫叫什么，我答不上来。女人又问我是一只什么样的猫。我说是黑白带咖啡色的。

“这么说来是只母猫。”女人说。

“是公的。”我答。

“如果有三种颜色，就不可能是公的。三色猫都是母猫。”女人说，并且补充道，反正她最近没在小区里见过走丢的猫。

女人正要关门，我几乎是大喊着叫道：“珂罗蒂雅！”

“你是谁？”女人问。

我说我们以前在迈普认识，曾经是朋友。

女人看了我好久，我就让她这样看着。这种等着被人认出的感觉真是奇异。最后女人说：“我知道你是谁了。我不是珂罗蒂雅，我是希美纳，珂罗蒂雅的姐姐。你是那天下午跟着我的那个小孩，叫阿拉丁。珂罗蒂雅就是这么说你的。我们想起你时还笑了好一阵子，阿拉丁。”

我无言以对。我模模糊糊地记起，多年前的那天下午，我跟踪的那个人的确是希美纳，被看成是劳尔女友的那人。可珂罗蒂雅从没说过她有姐姐啊。我迫不及待地想说点儿得体的话。“我想见珂罗蒂雅。”我的声音低得几乎听不到。

“我以为你是来找猫的呢。一只母猫。”

“是的。”我说，“可这些年来我一直想着在迈普的日子。我想见见珂罗蒂雅。”

希美纳的目光里透出敌意。她没有说话。我慌慌张张地向她讲述着过去，讲述着我有多想回到过去。

“我不懂你为什么想见珂罗蒂雅。”希美纳答道，“我根本不信你能理解我们家的事情。那些年，人们满世界找人，找失踪人员的遗体。恐怕那时你也和现在一样，到处找小猫小狗吧。”

我无法理解她的冷酷，只觉得她没必要如此过分。还好，希美纳总算记下了我的电话。“珂罗蒂雅来了我会给她的。”

“你知道她什么时候会来吗？”

“随时。”她答，“我爸快不行了，他过世之后，我妹妹会从死美国来哭丧，来要她的那份遗产。”

她说“死美国”，我听着真是荒唐幼稚，同时我想起了在迈普圣庙里，和珂罗蒂雅的那番关于国旗的对话。我想，她的命运最终还是停留在了她孩提时代不屑一顾的那个国家。该告辞了，我忍不住客套地问：“劳尔先生怎么样了？”

“我不知道劳尔先生怎么样了。应该还好吧。可我爸爸快不行了。再见了阿拉丁。”希美纳回答，“你不懂，你永远都不会懂，混球。”

我后来又在小区里转悠过几次，但只是远远看着那栋房子，不敢再上前。我时常想起和希美纳这番尖刻的对话。她的话语似乎总在纠缠着我。有天晚上我梦到我在超市碰到她。我是超市的新款啤酒促销员，她的推车里则满是猫粮。她用余光瞟向我，认出了我，却懒得搭理我。

我也时常想起珂罗蒂雅，但却像是想着一个幽灵，想着一个不切实际却又真实的伙伴。我不指望她会给我打电话。我不认为她姐姐会把我的号码给她，或是对她提起我唐突的造访，抑或是我伪装的“阿拉丁”的莫名出现。可几个月后的一天，一大早，还不到九点，珂罗蒂雅打来了电话。她很随和。“我们还能再见面，真有意思。”她对我说。

十一月的一天下午，我们在拉雷纳区的星巴克见面了。此刻，我真希望我能一字不漏地记起她的每一句话，原封不动地把它们写在本子上。我多希望能重现她的声音，毫无顾忌地用一架相机摄下她陷入回忆时的一颦一笑。我也多么希望能换一个人来写这本书，比如让她来写，希望她此刻就在我家伏案写作。可此时此刻，写书的人毕竟是我。而我，就将停留此时。

“我一下子就认出你了。”珂罗蒂雅说。我说我也是。但其实我一连好几分钟都心不在焉，搜寻着记忆中那张面庞。可我没找到。如果在街上碰到她，我想我一定认不出来。

我们约在一起喝咖啡。我不常去星巴克，看到自己的名字被写在杯子上让我觉得别扭。我看了看她的杯子，还有那上面的名字。“她还活着。”我突然兴奋地想，“她还活着。”

如今珂罗蒂雅留着短发，面庞清瘦，胸部依然平坦，嗓音则像出自有着多年烟龄的人。其实她只是以前在智利才吸烟。“在美国，好像哪儿都不让人吸烟吧。”我说，突然间为这简简单单、拉家常式的对话深感开心。

“也不是。很怪，在佛蒙特我完全不想吸烟，但一到智利就抽得厉害。”珂罗蒂雅答道，“好像在智利，没几根烟我就受不了，也弄不明白这个地方。”

“好像智利就是欠抽。”我开了个玩笑。

“对。”珂罗蒂雅说话时并没有笑，等她十秒钟后反应过来，又开怀大笑。

刚开始，我们的对话依然如同这漫无目的的约会一样不着边际，时不时珂罗蒂雅会语速加快，吐出一长串句子。这快语连珠的目的很快就体现出来。“劳尔是我爸。”她突然毫无预兆地说，“不过他其实叫罗伯特，三周前过世了。就是我爸，叫罗伯特。”

我惊讶地看着她，却又不止是惊讶。我听着这个消息，好像我已经等待多时。是的，从某种程度上来讲，我的确在等待。这是我这一代人的故事。

“我是政变后三天出生的，也就是一九七三年九月十六日。”珂罗蒂雅说，声调急促。树荫不偏不倚落在她嘴旁，我看不到她的双唇，这让我心里不踏实，觉得好像是张照片在跟我讲话。我还想起了那首精致的小诗：《故去妇人的眼睛对我说》。还好，珂罗蒂雅动了动手，我面前这具躯体总算有了生气。“她还活着。”我又这样想，并再次为此感到莫大的幸福。

罗伯特刚进智利大学的法律专业，就和玛卡丽生下了希美纳。两人一直分居，直到玛卡丽再次怀孕，于是一九七三年初，两人结婚了，并决定搬去拉雷纳，在那里找个安身之处。玛卡丽比罗伯特年长。她在教育系学过英语，拥护阿连德，但并不参与政治运动。相反，罗伯特却是职业军人，不过他同样不会参与有政治风险的活动。

独裁统治的头几年，两人在拉雷纳的家里深居简出。但到了一九八一年底，罗伯特重操旧业，开始涉足以前一直回避的活动，并很快有了地位。其实一开始他还只是微不足道的联络员。每天早上，要么在国立图书馆的阶梯上，要么在武器广场的石凳上，甚至有时在动物园里，他都要等着跟人接头，然后回到自己在拉莫内达大街的办公室开始工作。

没多久，玛卡丽在迈普租下房子，和两个女儿搬了过去。这是保护孩子的最好办法：远离一切，远离这个世界。罗伯特继续出生入死，频繁变换身份。一九八四年初，他说服小舅子劳尔，让他远走高飞，而自己则冒名顶替了他。劳尔经安第斯山离开智利，前往阿根廷门多萨省。他对于未来毫无头绪，但至少兜里有钱，可以开始新生活。

也就是那时，罗伯特弄到了在阿拉丁街的房子。迈普再次成为安全之地，在这里不必担心每天睁眼就被当作犯人抓走。罗伯特和妻女住得相当近，而他的新身份也有利于他频繁看望她们，但他依然异常警惕。女儿们很少见到父亲，珂罗蒂雅甚至不知道爸爸就住在附近，直到地震那晚她才得知此事。

讲述过去，仿佛所有伤痛已然痊愈。对于珂罗蒂雅，这就是成长：细致、坦率地讲述过去。可这种方式却有些讨巧，毕竟，“过去”依然在延续。“只有现在，我才能做到这点。”她说，“我一直尝试，但现在才摸出些道理，有了点动力。现在我真想有个人，随便哪个人都行，问我一声：‘你是谁？’”

“我就是那个提问的人啊。”我想，我就是那个提问的路人。我渴求一次安静的会面，只言片语足矣，然后我们还像幼时一样，一个人去拼凑这些零星的话语，一一解读。可事实不是这样：珂罗蒂雅渴望倾诉。“我坐飞机来的时候，一直看着外面的云。我觉得它们像是一幅幅画，弱不禁风又漂移不定，但又全都清清楚楚。我想起了小孩子的绘图本，还有我妈打电话时的随手涂鸦。我不记得她是偶尔为之还是经常这样，反正我脑子里有她边打电话边随手划道道的画面。”

珂罗蒂雅接着说：“然后我又开始观察空姐，她们在走道尽头，一边说笑，一边各自整理短裙。还有我旁边的陌生人，打着盹，有本介绍自救常识的书摊在胸前。我想起我妈，她十年前就过世了，爸爸也刚走，我居然没有安静地悼念两位老人，而是有强烈的说话的冲动。有了说‘我’

的冲动。甚至是没头没脑地渴望回答：我叫珂罗蒂雅，今年三十三岁。”

在前往圣地亚哥的长途飞行中，珂罗蒂雅最盼望的事情就是她旁边那位陌生人能醒过来，问她一句“你是谁？叫什么名字？”她等着用轻快、甚至是轻佻的语气回答：“我叫珂罗蒂雅，今年三十三岁。”她还想像小说里那样对他说：“我叫珂罗蒂雅，今年二十三岁，接下来，您将听到我的故事。”然后她就开始讲述过去，仿佛所有伤痛已然痊愈。

天色已晚，我们还坐在星巴克的露台上。“你听我说话听累了吧。”珂罗蒂雅突然说。我断然摇头否认。“不过接下来我听你说吧。”珂罗蒂雅告诉我，“我保证，如果我听烦了，一定不会让你察觉。我会装得很好的。”她笑着说。

珂罗蒂雅到时，葬礼正要开始。那句句悼唁之词让她厌倦，她宁可来个安安静静的拥抱，省去这些烦心的套话。葬礼后，她回到自己以前的房间，卸下行李，感到自己是真的回家了，唯一让她觉得舒服的地方只有在拉雷纳家中的这间屋子，其实当初这舒适稳定的生活并没有持续很长时间——只有八十年代末的短短几年，那时奶奶和父母都还在世。

珂罗蒂雅的这些想法似乎被希美纳残忍地看破，她迫不及待地推门进来，说：“这已经不再是你家了。你可以待几周，但别太随便。爸爸是我照顾的，所以这儿就该是我家，我不会卖房子，你想都别想。我看你最好还是找个旅馆住。”

珂罗蒂雅点头同意，她相信假以时日，姐姐会恢复冷静，重拾理智。她坐到床上看起小说，希望能忘掉这尖刻的话语，让自己沉浸到小说情节中去，可她没能做到，因为书里讲的是抛弃子女的父母，也可以说是远离父母的子女。“这些书写来写去都是一样的情节。”她想。

珂罗蒂雅来到客厅。希美纳在看电视，她在姐姐身旁坐下。豪斯医生对库迪医生爆了句粗口[①]，珂罗蒂雅记得俩人都笑了。她起身泡茶，递了一杯给姐姐。她觉得姐姐的脸不像是只受过一阵子苦，而是终生饱经沧桑。“对不起，”希美纳接过茶杯时说，“你想住多久都行，但别让我卖房子。我、还有我们，只剩这个了。”

珂罗蒂雅本想说点套话来安慰她，诸如“我们还有彼此，我们可以一起面对”之类的，但没说出口。这不是真话。从很久以前开始，相安无事地共同生活对两人来说已非易事。“房子的事我们以后再说。”珂罗蒂雅答道。

我们漫无目的地走着，我反正无所谓，只是陪着珂罗蒂雅就行。已经很晚了，电影院都关门了，我们看着那些

① 美国电视连续剧《豪斯医生》。

电影海报，像是一对找乐子的情侣。

“住在电影院旁边真好。”珂罗蒂雅说。电影这话题让我们兴奋——我们看到的种种情节，早晚会让我们联想到生活，联想到青春和童年。我们已经不能、也不会单单地评论一部电影或一本书。此时此刻，我们看重的已经不是电影或小说本身，而是我们曾经看它们、读它们的那些岁月：那时我们在哪里？在做什么？那时的我们，又是怎样的人？

我们静静地走着，一个个名字在我脑子里盘旋：罗伯特，玛卡丽，希美纳，珂罗蒂雅。我问她奶奶叫什么名字。“叫梅赛德斯。”珂罗蒂雅答。我觉得这些名字都好古板，甚至连珂罗蒂雅这名字也顿时让我觉得古板——好听、简单而古板。我问她奶奶是哪年去世的。“一九九五年，比妈妈早一年。”她答。接着还说到另一位故人，一个我从不认识的重要人物：罗伯特的表兄——医生纳丘。他被捕后就杳无音信。罗伯特和玛卡丽说起他时，总让人感觉他还活着，其实他早已不在人世。

从珂罗蒂雅小时候起，直到多年后，父母都常常说起她小时候发烧的故事，其实那根本不算什么故事，只是短短一刻——那是最后一刻，不过当时没人知道罢了：一九七四年，纳丘来看望年仅十一个月、生病多时的珂罗蒂雅。结果珂罗蒂雅立刻就退烧了。“这事儿真神奇。”父母那天下午这样笑着说。于是，纳丘就创造了一个微不足道的奇迹：让一个小姑娘退了烧。那天下午是罗伯特和玛卡丽最后一次看到纳丘。后来哪怕他死去后，他们也没能再见他——他连尸体都无影无踪。

“我家还没有去世的人。”我告诉珂罗蒂雅，“还没人去世。祖父母，父母，还有兄弟姐妹们，都健在。”

“那你从不去墓地？”

“嗯，我从不去墓地。”我一字一顿地说，就像一个学外语的孩子努力想挤出一句完整的话。

“我得回去了，我想早点儿回爸爸家。”嘴唇的颤动仿佛立刻揭穿了珂罗蒂雅的说法：那房子已经不是爸爸的家，而属于她和希美纳了。我陪珂罗蒂雅回家，指望她能请我进去喝杯咖啡，可她在栅栏边跟我告别了，只送我一个清澈的微笑和一个拥抱。

回家路上，我想起读大学时的一幕。有天下午，我们一群同学一边抽烟，一边喝着黏糊糊的甜瓜酒，谈论着各自的家庭，死神在每个故事里都是频繁出现的角色。当时所有人中，只有我家还没有人去世，这让我充满了莫名的苦涩：我的朋友们都是读着死去的父母、兄弟们留给他们的书籍长大的，可我家里既没有死人也没有书本。

“我是没有死人的家庭的孩子。”同伴们讲述着自己的童年时，我脑子里闪过这个念头。然后我猛然想起了珂罗蒂雅。可我不愿、也不敢讲出她家的事儿。那毕竟不是我自己的故事。我懂得不多，但至少明白这个道理：不能乱讲别人的事儿。有时，我们想说说别人的故事，其实归根到底都是在说自己。

我本想过几天再给珂罗蒂雅打电话，约她出来。可我等不及了，很快联系了她。她倒没显得惊讶。我们约好第二天上午在国际公园见。我提前到了，但还是远远看到她已经坐在一张长凳上看书了。那样子真美。她穿着一条混纺布短裙和一件发旧的黑色短袖运动衫，上面有几个大大的蓝色字：爱情是个渣[①]。

几个翘课的学生走过来问我们借火。“我像他们那么大时可不吸烟。”珂罗蒂雅对我说。“我吸。”我答道。我告诉她我十二岁就开始吸烟。有时我跟老爸一起散步，看到他点烟，我就会要他灭掉，告诉他吸烟有害健康，说不定会得癌症死掉。我这样做无非是给他灌迷魂汤，免得他怀疑我也吸烟。而他总是用求情的眼光看着我，推辞说吸烟是种嗜好，这种嗜好揭示出人类的脆弱。这点我倒是同意。他承认自己的脆弱无助也让我很是满意。

“相反，我倒是只看过一次我爸吸烟。”珂罗蒂雅告诉我。我们在公园闲逛。“有天下午放学比平时早，我看到爸爸在客厅跟妈妈聊天。看到他我可开心了。我每天都想着见他。爸爸抱起我，他可能抱了我挺久，但我当时感觉他一下子就松开了，好像连这种接触都是见不得人的。然后我注意到他右手上拿着支点燃的香烟。我一下子不高兴了，

① 原文是英语，Love sucks。

当时真觉得那人不是我爸。抽烟的是劳尔，不是罗伯特。”

“地震那晚他也抽烟了，跟我爸一起。”我提醒珂罗蒂雅，“我猜是我爸给他的烟吧，然后他俩就一起边抽边聊了。”

“真的吗？”珂罗蒂雅理理头发，怀疑地问。“我不记得这个了，不过我记得你。”

“那时你真想找人监视你爸？”

“不是。我不知道我爸住那儿。当时真是很混乱。地震那晚就我和我妈在一起，希美纳和奶奶一块儿。当时她和奶奶在一起的时间比较多，基本上是一直住一起。有块墙砖掉下来砸坏了窗户，我们就不敢睡觉了。我记得当时我们特别害怕，于是出了门。我不知道是要去找爸爸，更不知道他也在找我们。我也搞不清楚是不是我们走了不同的路或者在路上错过了，反正最后在一个路口看见他时，我完全不敢相信自己的眼睛。我拿着个玩具小电筒，那是很久以前别人送的。我记得我照着爸爸的脸时，看到他眼睛湿湿的。他拥抱了我们一下，然后把我们带到了篝火堆那里。天亮前我们三个就坐着他的车去了拉雷纳的家。”

“那辆菲亚特 500。”我说。

“是的，菲亚特 500。”

珂罗蒂雅很惊讶她父亲就住在附近。她恨透了这些秘密，预感到会有层出不穷、说不清道不明的巨大危险。在篝火堆的一群大人中，她很开心能看到我。“你也不说话，就只是看。我也是这样，一言不发。我也说不清为什么要跟踪你，没多久我就有了那个计划。”

珂罗蒂雅同样说不清自己想监视什么或打探什么。不过当我告诉他劳尔在家里藏着人时，她也并不惊讶。

“你那时相信你爸有情人吗？”

“我不知道该信什么。我们说到这个时，我完全没了主意。其实我根本不了解我爸。后来我才想到那人是希美纳。我没想到你会那样跟踪她，但我知道她见爸爸比我多时，真是气得发疯。在我看来，爸爸和她之间有种新的关系，跟我却没有。后来我们常半开玩笑地说，她和爸爸都是革命人士，而妈妈和我则是反动派。玩笑是玩笑，但我照样很伤心，我觉得到现在我都还是伤心。”

希美纳看到我那样一个小孩儿跟着她时，毫不怀疑是妹妹指使的。珂罗蒂雅不得不承认是她请我监视爸爸。大家对她一通指责，不过随即又温和起来。后来姐妹俩开始吵架，互相责怪。“我当然不愿承认这些争吵是我挑起的，但的确是我。”珂罗蒂雅说，然后就是长长的、欲言又止的沉默。有那么十分钟时间，她都没能下得了决心开口。最终，她说：“我现在好想吃个巧克力冰激凌。”

我和珂罗蒂雅一周没见，但我每天都给她打电话。感觉得出，她很期待我的电话。有天深夜，她打给了我。“我在外面，希美纳把我赶出来了。她说那是她的房子，说我是个外国婊子。”

珂罗蒂雅一边流泪，一边拼命想止住痛哭。我抱着她，给她倒茶，陪她听音乐，在心里暗暗纳闷希美纳为什么叫她婊子。问题到了嘴边，我还是忍住了。我告诉她可以住我这里，虽然只有一张床，但我睡沙发就行。“就住一晚。”珂罗蒂雅说，“想和你一起睡。这样我姐就说得有道理了，我是个婊子。”

珂罗蒂雅的双眼恢复了神采，她的微笑，她的美貌都一一重现。我给她拿来几块奶酪，还开了瓶红酒。我们边吃边聊了好几个小时。我喜欢看她在屋子里走来走去，把这里视为己有。珂罗蒂雅换了好几把座椅，时不时站起来，又一屁股坐到地上，双手抱住脚踝。

我告诉她我没想到希美纳会把她赶出来。

“其实她倒也没赶我。”珂罗蒂雅回答，“我们吵得厉害，但我好歹还是可以留在家里的。不过我宁可走掉，和她住一起实在让人受不了。”

我问她希美纳是不是以前也这样。她说不是，是爸爸的病改变了希美纳。在爸爸生前最后几年，希美纳抛下一切来照顾他。“现在爸爸不在了，她不知道做什么好，不知道如何生活。不过我觉得还不止这么简单。”珂罗蒂雅说着，眼睛直直地盯住客厅的落地灯，好像在观察蛾子的飞行。

我问她为什么去了美国。“不知道。”她答，“我只是想走，想离开。我爸也想我走，那时他已经病了。”珂罗蒂雅就像在录口供，“我爸护着我，尤其是希美纳跟我过不去时。不过希美纳也想我走。可能她想要的就是这结果：她照顾爸爸到最后一刻，而我匆匆赶来，充满歉疚地参加爸爸的葬礼。”

“不知道从几时起，可能是几年前吧，”珂罗蒂雅接着说，“希美纳开始对我有了‘坏心眼儿妹妹’的印象，觉得我想把什么都占为已有。可能这时我再来扮好人也来不及了。希美纳也有她的道理。她留下来就是因为想留下来。然后她也这么做了。”珂罗蒂雅说，“不管怎么说，爸爸总得在两个女儿中选一个，毁掉她的生活。他选了姐姐，我得救了。”

我问她是不是真的充满歉疚。

“不是，不过我倒觉得该感到歉疚。”

“你还回美国吗？”

两周前我们见面时，珂罗蒂雅告诉我她已在佛蒙特读完环境法硕士，并和一个阿根廷男友同居多时，想在那边找个工作。但眼下，她没有做声。

“有时我也犹豫。”她终于开口了，“我想我是不是该彻底回到智利。”我看出珂罗蒂雅并不知道为什么这么说。我不相信她的话。我认为珂罗蒂雅并没有真的考虑留在智利，她只是来找寻什么，一旦找到，马上会回美国。

珂罗蒂雅看上去既疲惫又放松，还略带醉意。我们做爱时，她微微露齿而笑。这表情相当漂亮，也有些怪异。我想，我要记住这个表情，我会想念它。

我们没睡多久，也就两三个小时吧，然后就听到汽车声和上班上学的人声。我们弄了点儿橙汁，吃早饭时，她在我电脑上查看邮箱。有一封希美纳写来的邮件："我不会卖房子，你别监持。"珂罗蒂雅简直不敢相信：希美纳说"你别'监'持"，监狱的监。有一刹那，珂罗蒂雅觉得，希美纳犯这样的错误真是不可思议。随即又暗暗自责，因为在这样的情形下，她居然还在意一个小小的错别字。

"房子不会卖。"希美纳还说，"现在这是我的房子。现在开始。"

"我不会坚持的。"珂罗蒂雅想，"坚持也毫无意义。"她终于懂了，希美纳就是要守住那栋房子。珂罗蒂雅本以为，卖掉房子，分了钱才是明智之举，扭住过去不放对谁都没有好处。过去总是伤痕累累，但我们至少可以想办法好好安置它。

"可能说伤痛还为时尚早吧。"珂罗蒂雅说。我看着她唇边的酒痕，一时间觉得她青春焕发：二十五岁，二十六岁，反正不超过三十。

我去学校马马虎虎上了堂课，又回家了。虽然之前我曾幻想这场景，但当我开门看到珂罗蒂雅躺在椅子上时，还是有些意外。"你美得赏心悦目啊。"我脱口而出。她防备地看着我，随后一阵大笑。然后她靠近我，抱住我，最后和我在厨房一角站着做爱。

我们煮了点面条，拌了些奶油洋葱酱。酱弄得干了些。

其实我们俩谁都不饿。

“有时候，”看着碗里的食物，珂罗蒂雅说，“我会想起奶奶和妈妈老对我说：吃饭时别说话。”她们做了新菜：一道没什么卖相的炖肉。珂罗蒂雅想知道菜名，妈妈和奶奶就齐声回答：“吃饭时别说话。”

这是句搪塞，甚至算得上机智的搪塞。可孩提时的珂罗蒂雅只是不解，认定长辈与伤痛相伴，一定艰难忍受着无休无止、不可言说的悲伤。她还知道最好别问问题，因为提问意味着冒险，换来的只是别人一句“吃饭时别说话”。

问题年代却随之而来。九十年代就是提问的年代，至少珂罗蒂雅这么认为。随后她立即说：“不好意思，我可不想让自己听上去像那些个夸夸其谈的社会学家，时不时在电视上抛头露面。但九十年代真是这样：我一坐好几个小时，跟父母聊天，追问细节，逼他们回忆过去，然后像是对自己的回忆一样，非得安安静静地梳理一遍，想为它们找到在这段历史中的位置。”

“当年我们提问不是为了求知。”珂罗蒂雅总结。我们一起清洗盘子，收拾桌子。“我们提问是为了填补空虚。”

“有时希美纳让我想起妈妈。”珂罗蒂雅边说边抿着茶，“不是长得像，而是声音，音色像。”

她追忆着那段母亲除了叮咛嘱咐就无计可施的年代。她找来两个女儿，开口前想了又想，仿佛刚酝酿出某种温和冷静的语调，也是一种谨慎虚伪的语调。然后，如同登台发言般，娓娓道来，语气抑扬顿挫，直视女儿的双眼。

一九八四年的一天下午，母亲分别跟两个女儿谈了话。她先是把希美纳叫去厨房，关上房门。真是奇怪，这样的对话要在厨房里进行。母亲去世前不久，珂罗蒂雅问她：“为什么那天下午你要在厨房跟我们谈话呢？”“不知道。”母亲回答，“可能因为我太紧张了。”

母亲和希美纳没说多久。希美纳很快出来，跑进院子，珂罗蒂雅没看到她的脸。当时，姐妹间五岁的年龄差距是一道无法逾越的鸿沟。希美纳暴躁易怒，但最终总会听大人们的话；而珂罗蒂雅则对什么都是一知半解。

“接下来就轮到我了。”珂罗蒂雅说，然后戏剧性地顿了一下。我以为她快要崩溃了，但是没有，她只是需要停顿一下而已。“我记不清妈妈的话了。”她接着说，“我想，她是对我说了实话，或者基本上说了实话。我知道人分为好人和坏人。我们是好人，好人可能会因为想法不同、观念不同被追捕。我不确定我当时是否清楚‘观念’为何物，但多多少少，那天下午我大概是弄明白了。”

母亲的语调温和包容，话语直奔重点：“一段时间内，你不能再管爸爸叫爸爸。他已经把头发剪得跟劳尔舅舅一样，还会剃掉胡子，这就更像劳尔舅舅了。”珂罗蒂雅无法理解，但她知道必须理解。她还知道，其他所有人，包括姐姐希美纳，都懂得比她多。她只得难过地接受事实。她问母亲不管爸爸叫爸爸的日子要持续多久。“我不知道。可能很短，也可能很长。不过我跟你保证，总有一天，你能再叫他爸爸。”

“你发誓？”珂罗蒂雅绝望地问母亲。“天主教家庭才发誓，我们只做承诺。”母亲这样回答，“我已经对你承诺了。”“可我想你发个誓。”小姑娘坚持。“好吧，我发誓。”母亲让步了，随即补充说，女儿必须记住，她叫舅舅的这个人，是她的父亲。“这就够了。这才是重点。”

一九八八年初，珂罗蒂雅的父亲恢复了原来的身份。这是党内决定。经过研究，他们决定派遣军人公开参与到一些实际行动中。玛卡丽带着两个女儿去了机场。那场景真是荒谬：一周前罗伯特离开布宜诺斯艾利斯时还是劳尔，现在又变回了罗伯特。他剪了头发，剃了胡须，穿着蓝色牛仔裤和白衬衫，简洁朴素，面带微笑。一时间珂罗蒂雅觉得像是从未见过这人。

尽管已经无需继续伪装，母亲还是没改掉老习惯：曾经每当珂罗蒂雅叫爸爸，母亲都用责备的眼神看着她；而今母亲却用同样责备的眼神，催促女儿快叫爸爸。同机抵达的还有流放他乡的人。珂罗蒂雅依然记得，当她看到那些家人相拥的场景时，所尝到的酸楚：他们终于可以无所顾忌地在亲人的怀抱里放声大哭。有一瞬间她觉得这些人同样是伪装，现在得到正名的，不是这些人本身，而仅仅是他们的名字。但她又立即为自己的想法感到羞愧。无论如何，这些躯体和他们的称谓终于能够合为一体。是的，周遭毕竟有这样一些真情实感。回家路上，珂罗蒂雅觉得自己的情感同样很真实。

“真是段可怕的故事。”我说。珂罗蒂雅惊诧地望着我。“不是的。”她应道，反复叫了好几次我的名字，好像我睡着了，她刚要唤醒我似的。“我的故事一点儿都不可怕。这也是希美纳不懂的一点：我们的故事并不可怕。伤痛的确存在，我们没齿难忘，可我们同样不该忘记别人的伤痛。说到底，还是有人保护我们。有人承受过、也正在承受更大的痛苦。”

我们沿着希腊路散步。路过哲学系时，我想起一件、或者说无数件往事，不过我觉得有些傻气。在我看来，所有能说出来的事情都不值一提。然后我们到了国家体育场。一九七三年那场声势浩大的政变的中心，在我眼里也无非一个球场。我的第一印象依然只是体育活动和满场欢笑。我头几次吃冰激凌，好像正是在这个体育场的看台上。

珂罗蒂雅对这儿的第一印象同样美好。一九七七年，墨西哥喜剧演员切斯皮里托携他的全体阵容来此演出。那时，四岁的珂罗蒂雅看了节目，非常喜欢。

一开始她父母不愿带她去，但最终还是让步了。一家四口一同前去，希美纳和珂罗蒂雅非常开心。多年后，珂罗蒂雅才知道，对她父母而言，那天就像在受刑。每分每秒，他们都在想，如今这里的满场欢笑是多么荒唐。似乎整个演出过程中，只有他俩无法自拔地想着那些死去的人。

珂罗蒂雅时不时会提出让她去找个旅馆或到朋友家借宿，但都被我留住了。我能给她的不多，但无论如何，我希望尽可能延长这段时光。也有那么几天，我们过得不尽如人意，甚至混乱不堪，好在日常生活总还是透着愉快的气息。每天上午，我去学校，珂罗蒂雅则散散步，或者待在家里沉思，一门心思想着将来。下午，我们做爱、看电影，晚上则总是谈笑风生。

我想，总有些时候，她会希望留下来吧，会希望生活仅此而已，别无所求。这正是我想要的。我希望能让她爱上这里的生活，留恋这片她曾经逃离的天地；我还希望她会相信，她曾经的逃离、对过去的背叛，无非是因为沉溺于对舒适幸福生活的憧憬。我同样希望她能厌倦佛蒙特那个遥不可及的未来。说到底，我变得像个白痴。

或许，对于这段时光，最好能像观看一则短小的广告：两个儿时朋友在二十年后偶然相遇，坠入爱河。可我们不是朋友，我们之间也没有爱情。我们同床共枕，做爱时高潮迭起。我永远忘不了她黝黑的胴体，炽热而坚实。可把我们联系在一起的不是爱情。就算是，爱的也只是回忆。

把我们联系在一起的，是为一个个“小人物”重建人生舞台的心愿。这些舞台曾遭人鄙弃、无足轻重，可我们一直努力，试图将它们复原。

珂罗蒂雅执意和我同去迈普，说想拜访我的父母，也想重游当年的街道。在我看来，这不是什么好主意，不过最后还是同意了。

在广场上，珂罗蒂雅认出几处旧屋，几棵老树，通往公共泳池的长梯，仅此而已。曾经是超市的地方如今矗立着一栋政府办公楼之类的建筑。

我们走向她曾经居住的小村。村口有一道耀眼的电动门拦住去路。卢西拉·科多依·阿卡亚卡街和内夫达利·雷耶斯·巴索阿托街看上去都变成了私家小路，戒备森严，像是主人患上了被害妄想症。许多车停在村子里。

我们跟在几个骑车的小孩子后面混进了村子。珂罗蒂雅静静地看了老房子一眼，然后按了门铃。“我们在找一只猫。”她对开门的男人说。男人的衬衫耷拉在长裤外，好像正在脱衣服。珂罗蒂雅告诉他是一只黑白相间的猫。男人好奇地盯着她，他肯定觉得珂罗蒂雅既漂亮又迷人。“我没看到黑白猫，倒是看到过彩色猫。”他说。我真是好多年没听过这么没劲的玩笑了。不过好歹我和珂罗蒂雅都笑了，笑得有些慌张。

如今，这栋房子被涂成了诡异的橙红色，没安百叶窗，而是挂着毫不相称的印花窗帘。“话说回来，这栋房子从没好看过，甚至都从来没有成为过一个家。”珂罗蒂雅的声调淡然中透着哀伤。

我们准备离开，却出不去了。电动门关着。我们冲着电子门铃喊话，但那男人没有应答。一时间我们就像两个被困的忧郁囚犯，抚摸着铁栏杆。我给爸妈打了电话。他们还等着我，等着我们。

我惊讶地看到客厅里有个书架，上面摆满了书。“幸好有了它，你妈开始读书了，我也是。你知道的，我更喜欢看电影。”父亲告诉我。他没有正视珂罗蒂雅，但表现得彬彬有礼，小心翼翼。

在皮斯科酒的陪伴下，那个下午就在慢慢吞吞、断断续续的聊天中过去了。我们本想告辞，但母亲已开始准备晚饭，有肉条、烤土豆和各种蔬菜。“我不是素食者。”母亲问起时，珂罗蒂雅这样回答。“这可怪了，我儿子可是一向喜欢吃素的女孩儿啊。”母亲说。我有些尴尬，不过我看到珂罗蒂雅笑得那么自然，那么大方，就没出声。

除了这个玩笑，父母一直没问起我俩的关系。在电话里我只说我要带个人来。可能父母很高兴，也很好奇，以为我要向他们介绍女朋友。我反感这样的场景：儿子向父母介绍女友。我可不是冲着这个来的。虽然我也说不清我们来干什么，但反正不是为这个。

我们聊到村子里最近的几起盗窃案。传言小偷就住在附近，是这里土生土长、不成器的一个孩子，一直手脚不干净。“我从来没偷过东西。”父亲突然冒出一句，“就连小时候都没有。那时我们穷着呢，我在集市卖菜。”父亲看着珂罗蒂雅，意识到自己已经讲了几百遍小时候的事情。他说，不管多潦倒，他都决不会去偷。那时他有朋友干这事儿——“都是我的朋友啊，我也喜欢他们，可我盼着他们进监狱，”父亲说，“不然这社会就不成体统了。”

我暗想，父亲是从什么时候开始，有了如此巨大的转变。想到这里我又有些怀疑：我不确定父亲是否真的变了，或是其实一直如此。“我偷过，还偷过不少。”我故意跟他唱反调。父亲听后笑了：“可不是，你老从我皮夹子里拿零钱，不过这哪算偷。”

“这就是偷。”我口气严肃，坚决地回答，“偷爸爸的东西也算偷。而且我还偷过书。有个星期我共偷了十八本书。”之所以说十八本，是因为我想显得真实可信，何况这可不是个小数目。其实我只偷了三本，而且做贼心虚，后来再也没敢进那家书店。但我坚持这么跟父亲说，没有改口。他严厉地盯着我。那眼光真的像父亲看着自己的小偷儿子——在探监日看着自己失足沦陷、锒铛入狱的小偷儿子。

母亲试图缓和气氛。“谁没偷过一两次呢。”她看着珂罗蒂雅，话题转到童年趣事上，还问她偷过东西没。珂罗蒂雅说没有，但如果形势所迫，她可能也会那么做。

珂罗蒂雅说她头痛。我让她躺下。我们去了我小时候的房间。我理好沙发床，抱起珂罗蒂雅。她倒在我怀里，闭上双眼，眼皮微微颤抖。我吻住她，向她保证她感觉舒服点后我们就马上离开。“我不想走。”她的话让我意外，

“我想留在这儿，我觉得我们今晚该住这里，别问原因。”我这才发现她其实没有哪儿不舒服。我很困惑。

我走到家里放影集的小柜子边，暗想，这些照片终于派上用场了：它们让我们相信，我们有幸福的童年；也向我们表明，我们并不甘愿接受曾经的幸福。我慢慢翻着影集，指给珂罗蒂雅看一张我爸爸从飞机上走下来的老照片，他头发有些长，厚厚的眼镜挡住了目光。

“你回去吃晚饭吧！”珂罗蒂雅请求，“我想一个人待几个小时。”她没有说待一阵子或一会儿。她说的是，她想一个人待几个小时。

母亲在微波炉里热了饭菜，父亲调着收音机，想找一个古典音乐频道。其实他对古典音乐毫无兴趣，但觉得吃饭时就该听这个。他坐在那儿调收音机，有些烦闷，看都不看我一眼。“爸，您坐吧，我们聊聊。”我的语气突然威严起来。

吃饭时，我问父母是否还记得一九八五年地震那晚，还有我们的邻居劳尔。母亲老是分不清各位邻居和亲戚，父亲则还清楚地记得劳尔。“我知道他是基督教民主党人。”他说，“不过听说还不止如此。”

“怎么回事？”

“不知道。好像他是社会党的，弄不好还是个共产党。”

“跟爷爷一样的共产党？”

“我爸不是共产党，他只是个普通工人。劳尔就不止了。当然了，我也不确定。他看上去可是个好人。不管怎么说，如果皮涅拉[①]赢了大选，他的好日子可就要到头了。他大概和不少人一样，为这腐败不成器的政府卖了命。”

父亲这样说是为了挑起我的话头。我让他说完，把心底那些尖刻的话语一股脑全讲出来。“那些年我们都是夹着尾巴过日子。”他说，“民主联盟那帮人都是一丘之貉。”父亲接着说，“有点儿秩序对这个国家可不是坏事儿。”最终，他还是说出了我又盼又怕、直逼我底线的一句话：“皮诺切特的确是个独裁者，也杀过些人，但至少，那是个有秩序的年代。”

我看着父亲的眼睛，暗想，是从什么时候开始，父亲变成这样？或者他其实一直如此，一直都是？我使劲回忆，仿佛念着一句让人痛心的严肃的台词：一直如此吗？

母亲不同意父亲的观点。其实她多少是赞同的，只是怕搞僵这家庭聚会。“当今世道可好多了。”母亲反驳，“什么都不错。米歇尔[②]政府可是竭尽所能。”

我忍不住问父亲当年他是不是也支持皮诺切特。从青年时代起，我无数次问过这问题，几乎成了一种习惯，但

---

① 塞巴斯蒂安·皮涅拉（1949—　），曾任智利驻比利时和联合国大使，二〇〇五年竞选失利，二〇一〇年当选智利总统。

② 米歇尔·巴切莱特（1951—　），二〇〇六年出任智利总统，成为智利历史上第一位女总统。

他总是矢口否认。我想不通他为什么不承认，为什么多年来一直否认，至今依然如此。

父亲缄口不言，脸色阴沉，最终回答说不，说他不是拥戴皮诺切特，说他从小就懂得没人能拯救我们。

“拯救我们什么？”

“拯救我们。让我们有饭吃。”

“但您一直有饭吃啊。我们都有。”

“不是这么回事儿。”父亲答道。

这对话无法继续下去了。我起身去找珂罗蒂雅。我紧盯着她，而她还在看相册，似乎根本没察觉到我的存在。那些相册她已看了一半，贪婪的目光吞噬着张张画像，时不时微笑，又时不时神情严肃，严肃得让我看了难过。不对，我不是难过，我是害怕。

我回到饭桌，香草冰激凌已经在我碗里融化了。我低声快速跟父母讲了珂罗蒂雅的事儿，快得几乎听不清细节。我告诉他们珂罗蒂雅是劳尔的女儿，但在好多年的时间里都装成是他外甥女。劳尔真名叫罗伯特。我也不知道为什么告诉父母这些，只觉得自己若有所待，若有所寻。

“这段过去相当纠结啊，不过听着还不错。”长久的沉默后，父亲这样评价。

“您开玩笑吧？听着不错？这样的过去多让人痛心。”

“的确让人痛心，但它已经过去了。珂罗蒂雅还活着，她的父母也还活着。”

“她的父母都不在了。”我说。

“死于独裁？”

“不是。”

“那怎么死的？”

“她妈妈脑溢血，爸爸是得了癌症。”

“可怜的珂罗蒂雅。”母亲感叹。

“但不是死于政治原因啊。”父亲说。

“反正都已经不在了。”

“可你还活着。”父亲说，“我打赌你会把这段不错的过去写进书里。”

“我不会写关于他们的书，要写就写您和我妈。”我回答，嘴边挂着难以形容的微笑。我真不敢相信刚刚发生的一切。作为儿子，我讨厌一次次指责父母，可又免不了这样做。

我看着父亲的额头，他擦了擦脸。我从他的侧影中看到隐形眼镜的反光，还有微微肿胀的右眼，顿时想起童年时经常发生的一幕：父亲蹲在地上，吃力地寻找刚刚掉落的隐形眼镜，我们都去帮他，但他总想亲自找到，这事儿真是好不费劲。

如珂罗蒂雅所愿，我们在我父母家住了一晚。半夜两点，我起来煮了杯咖啡。我妈还在客厅喝着马黛茶。她给我也倒了一杯，我喝了，并想起我还从来没跟她一起喝过马黛茶。尽管尝不惯放糖的味道，我还是大口大口喝了下去，感觉有些涩。

“我一直怕他。”母亲开口了。

“怕谁？”

“里卡多？罗多夫？”

“哦，罗伯特。”

“对，罗伯特。我当时就猜到他跟政治事件有牵连。”

“谁都跟政治事件有牵连，妈，您也是。您和爸都是。置身事外其实就是支持独裁。”我觉得自己的声音空洞无力，好像在背教科书。

“但不管是你爸还是我，不管是对阿连德还是皮诺切特，我们都从不支持也不反对。”

“那你为什么怕罗伯特？”

“这个，我也不知道叫不叫害怕。现在可是你跟我说他是恐怖分子。”

“不是恐怖分子。他只是藏了些人，帮助遇到危险的人，以及通风报信。”

“这还不够？”

“我觉得这些事不算什么。”

“但他藏匿的这些人是恐怖分子，到处放炸弹，策划袭击。我害怕，这没什么好奇怪的。”

“好吧，妈妈，独裁并不会自生自灭，我们应该去斗争。”

“你哪儿知道这些事啊，阿连德在时你还没出生呢，那时你还是个小家伙。”

“那时你还没出生呢！”这话我不知听了多少遍。不过这次，我没觉得这话伤人，倒是觉得有些好笑。接着我妈等待多时般地马上问我：

“你喜欢卡拉·瑰芬班恩不？”

我无以作答，说了声不喜欢：“我不喜欢她的书，不喜欢这种类型的书。”

“是啊，我们喜欢的书也不一样。我就爱读她的小说，《灵魂的反面》。那些人物让我有归属感，能打动我。”

“可你怎么会对另一个社会阶层的人产生归属感？还有那些情节，都不是你的生活中会发生的啊，妈？”

我问得非常严肃，非常认真，连自己都觉得恐怕该说得轻松点儿，这么严肃可不是我的风格。我想，还为过去的事跟父母较劲是无济于事的，不让母亲畅所欲言地评论一部小说更是于事无补。她带着不快和怜悯的目光看着我，那目光中还有一丝鄙弃。

“你不懂。”母亲说，“可能我跟那些人确实不是同一个社会阶层，没错，但是大家都知道，社会阶层这东西一直在变。读这本小说的时候，我真觉得，他们的问题就是我的问题。我知道，我说这些让你烦，但你该更包容些。”

“我不过是说我不喜欢这本小说，还有你对书里人物有归属感让我觉得奇怪而已。”

“那珂罗蒂雅呢？”

“珂罗蒂雅怎么了？”

“珂罗蒂雅跟你是一个阶层的人吗？你现在是哪个阶层的？她在迈普住过，但不是那儿的人。她好像更文雅，你好像也比我们更文雅。谁都觉得你不像我儿子。”

我完全不知道怎样回答。“对不起。”我开口之前，母亲道歉了。她又给我倒了点马黛茶，点了两支烟。“你爸不喜欢，我们还是进去抽吧。”她递给我一支。

“这不是你的错。”她说，“你年纪轻轻就离家了，才二十二岁。”

“是二十岁，妈。”

“二十岁，二十二岁，都一样。反正就是年纪轻轻。有时我想，如果你没走，这日子会是什么样。有的人留下来了，比如那些小偷孩子。他留在这儿，就成了小偷。还有些人也没走，现在是工程师。这就是生活啊：可能让你成为小偷，也可能让你成为工程师。不过我想不出你成了什么。”

“我也不知道我爸成了什么。”我几乎是不假思索地回答。

“你爸一直很顾家，以前是，现在也是。”

“那你觉得如果我没走，这个家会是什么样呢，妈妈？”

“说不好。”

“应该会更糟。”我说。

母亲表示认同。“可能隔远点儿对我们都好，我喜欢你现在的样子，喜欢你有自己的思想。我也喜欢珂罗蒂雅那姑娘，就算她跟你不是一类人。”

母亲小心翼翼地灭掉烟蒂，清理了烟灰缸，然后去睡觉了。我留在客厅又吸了一会儿烟。我打开门，坐在门槛上，想看看夜空，找到月亮，大口喝掉母亲刚给我倒的威士忌。我靠在爸妈新买的现代皮卡车上。闹铃响了，父亲起床了。我觉得他穿着睡衣的身影特别动人。他问我是不是喝多了。“有点儿。”我用沙哑的声音答道，“是喝多了点儿。”

凌晨五点，已经很晚了。我回到房间，珂罗蒂雅还在睡，我在她身旁躺下，翻来翻去，想把她弄醒。我不是喝多了“一点儿”，我是真的喝多了。四周一片漆黑，我却感到珂罗蒂雅的目光在我额边、在我胸前游移。她抚摸着我的脖子，咬住我的肩膀。“我们可不能错失良机。”她说，“在你爸妈家做爱。”她的胴体在晨光中扭动。

早上八点，我们要走了。我去父母的房间告别，看到他们相拥而眠。这场景让我吃不消，我感到既尴尬又欣慰，还有一丝烦躁。他们的样子，就像远离尘嚣的幻境中与世无争的幸存者。父亲醒过来，让我等等，想给我几件他不穿的衬衣。他找出六件，都不算太旧。我觉得我穿着可能有点儿小，但还是全部收下了。

我和珂罗蒂雅回到家里，像是刚刚从战场上下来，然而战争并没有结束。我想，我们成逃兵了，又觉得我们像是摄影记者或游客。是的，我们就是游客：背着双肩包，挎着相机，带着小本，随时准备花上大把时间，看尽风景，却又总是频频回首。回首之时，一声轻叹。

这叹息悠长而短暂，饱含清白与罪过。也许我和珂罗蒂雅依然无法参透“清白”或“罪过”为何物，还是花了几天时间，冥思苦想，试图理清童年时我们无法理解的一切，仿佛在围观一场罪行。我们不是罪犯，只是恰好路过，又抽身而去。因为我们深知，如果置身其中，就会被泼上污水。我们自以为清白无辜，抑或又觉得自己充满罪孽，谁知道呢。

回家路上，珂罗蒂雅看了父亲给我的衬衣。“以前很长时间，我都没衣服穿。”她突然说，“最开始我穿的是希美纳的旧衣服，然后又穿我妈的衣服。妈妈去世后，我跟希美纳连一片破布都要争。现在想起来，我觉得我跟她的关系可能从那时起就彻底完蛋了吧。不过我爸的那些衣服，还原封不动地躺在房间衣柜里。”

我爸给我的衬衣在抽屉里一放就是好几个月。这期间又发生了不少事：珂罗蒂雅走了，我则开始写这本书。

现在，我看着这几件衬衣，在床上把它们一一展开。有件油蓝色的我特别喜欢。我刚试过，太小了。对着镜子，我想：父亲的衣服穿在儿子身上应该总是显大才对。不过我还是觉得我需要这件衣服，有时，我们就该穿着父辈的衣服，认认真真地打量一下镜中的自己。

我和珂罗蒂雅从未敞开心扉谈过对这趟迈普之行的感受。很多时候，我都想知道她的想法，为什么她想住在我父母家。不过每次问起，她都搪塞而过。就这样，我们冷冷地度过了几天漫长的日子。珂罗蒂雅总显得心神不宁，匆匆忙忙，还有些神经紧张。她告诉我她要离开的决定时，我实在是不该太过惊讶。我猜，她就是在等着这个分离的时刻。不可能有其他结局了。

“我回头去找了希美纳。”珂罗蒂雅兴奋地告诉我。希美纳还是不同意卖房子，不过已经跟珂罗蒂雅重归于好。这可比房产重要多了。珂罗蒂雅告诉我，她们一连几小时促膝长谈，言语和睦。“以前，很多年以前，”珂罗蒂雅声调低沉，“我意识到我想过一种平常的生活，特别渴望安安静静地过日子。我经历过太多事，什么都经历过了。现在我只想要安静简单的生活，每天在公园散散步。”

我觉得最后这话她也就随口一说，没什么意义：每天在公园散散步。说起来，我的生活也算是每天可以在公园散步的那一类。当然了，我懂她的意思：找个只有自己知道的公园，一个新去处；过一种新生活，不做任何人的女儿或妹妹。我十分肯定地对珂罗蒂雅说：“走这一趟，你找回了自己的过去。”这话让我自己都觉得莫名其妙。

“说不好。不过我倒是利用这次机会让你了解了我的过去。我大概该走这一趟，这次旅行让我回到童年。我们一直互相欺骗可不是好事儿。以前我们都还小，你监视我爸就是为了接近我。现在也一样。你听我说这些，无非是想见见我。我知道你在意我过去的事儿，不过你更在意你自己的过去。”

我觉得她说得太尖刻、对我太不公平了。她完全没必要讲这些。一时间我感到愤怒，甚至有一丝怨恨。“你太自以为是了。”我说。

“是的。”珂罗蒂雅答道，“你也一样。你希望我赞赏你，站在你这边，就像两个为了相互接近而拼命寻求共同点的年轻人，看上去目光长远，其实互相欺骗。”

我忍住了。大概的确如此。“如果你要走，我能理解。圣地亚哥太让你受不了。智利这个狗屁国家，就快有个大地主来统治了，他准说着大话庆祝独立两百年。”

“我不是因为这个要走的。”珂罗蒂雅断然否认。

“你爱上别人了，所以要走。”我接着说，像是在做猜谜游戏。我想起了她的阿根廷男朋友，想起了那个在迈普陪着她的金发小伙子埃斯特万，我从没问过那到底是不是她男朋友。此刻，我真想孩子气一次，在这个不合时宜的时候，突兀地向她问起。不过在我开口前，她先断然回答：“我没有爱上别人。”她抿了一口咖啡，考虑着接下来如何表达。“说实话，我没有爱上任何人。如果我还能确定什么事的话，那我确定，我没有爱上任何人。”

“不过你要这么认为倒也不错。”她用不容置疑的口吻补充道，“这样想更容易想通。最好，把所有这一切，都归结为爱的故事。”

Ⅳ. 我们都好

今天下午，艾米终于同意看看稿子了。她不想我像以前那样高声念给她听。起初，她让我把稿子打印出来，摊在床上，这样她可以在床上读。不过她很快改变了主意，穿好衣服："我还是回家看吧。我待在这儿的时间太长了，今晚我想回自己家睡。"

我想象着她读稿子的样子，在那个我从未被邀请去过的家里，那张我不知道长什么样子的床上。我的床也是她的床，那是我俩一起挑选的。连床单、毛毯和枕头，都是两人一起买的。她动身前，我向她提起这些，不料得到如此回答："为了日子好过，你得时不时想象我们是刚认识，以前从来没有在一起过。"

她那带着克制的彬彬有礼的声音让我震惊。那口气就像在超市对一个加塞儿的陌生人说："大家都忙，先生，请您耐心点儿，排好队。"

那我就排队吧，愁绪满怀、文质彬彬地排着。

*

二十岁那年，我刚离家时，曾在车流量统计站工作过。这活儿很简单，收入微薄，不过有时也让我喜欢：待在固定的角落，在表格上记录每小时里经过的公车、卡车和小轿车的数量。虽然很累，我还是特别爱值夜班。那场景一定很可笑：一个小伙子，心不在焉，眼圈发红，在维库纳·麦肯纳大街街角，不知在等什么，眼角余光瞟向路边那些张扬着醉意往家赶的年轻人。

现在是晚上，我又开始写作。如今，这就是我的工作，至少也相当于我的工作。我下笔时，一辆辆汽车经过埃切尼克大道，有时我会走神，停下笔来数数车：最近十分钟，有十四辆公车、三辆卡车和一辆摩托车经过。我没留意它们是在下个路口拐弯了还是一直往前了。我迷迷糊糊又神思忧郁地想，但愿我能知道它们去了哪儿。

我想起了很久以前那辆标致404。父亲常在周末修车，其实那车从没坏过。这是父亲亲口说的，话语里满是男人特有的对汽车的偏爱。他说那车表现不错，没出过什么问题。尽管如此，他还是一辈子都在保养它，换换火花塞，或整晚研读《机动车百科全书》。我还从没见过谁像父亲那样在晚上如此专注地读书。

父亲为汽车投入那么多时间，在我看来荒唐不堪。而且，他还非要我协助他。所谓“协助”，就是用无穷无尽的耐心等着他最终来一句“把扳手递给我”。然后我还得等着他把扳手还给我，忍受他啰啰嗦嗦地给我讲解我毫无兴趣的机械知识。正是那时，我体会到一丝假装倾听父亲或别的大人说话的乐趣。点头称是时，我得忍住不笑，因为我知道自己其实心不在焉。

这辆标致车的结局相当悲惨。它被一辆逆行的旧卡车撞上，我爸差点丢了性命。我记得后来爸爸还给我看过安全带在他身上留下的印记。他提醒我要小心开车，遵章守纪，随后突然掀开衬衣，露出那块红色疤痕，在黝黑的胸脯上格外显眼。“要是我没系安全带，肯定就挂了。”

标致车散架了，只能当废铁卖掉。我陪父亲去了废车处理站。从那时起，只要看见标致404，我就会想起那个不幸的场景。而一到游泳池或海滩，我也会想起父亲身上的伤疤。我看不惯父亲穿泳衣的样子，看不惯那个破坏胸部完整的疤痕，如此显眼，触目惊心，就这样永远刻在了父亲身上。

*

试图为某事、某人，或者说任何人、哪怕是自己，量身打造一个故事是荒诞而愚蠢的，可也是大有必要的。

现在是凌晨四点，我睡不着了。失眠的我数着来往车辆，在冰箱上写下了新的几行：

丝丝耳语中，尽享极乐
卖笑的女人，凝脂新出
解读那非凡的画作
几近黝黑的双唇啊
可否遐想，长啸声声里
全裸的佳人，旋律激荡[①]

---

① 原文是英语，our perfect whisper/another white prostitute/understand strange picture/almost black mouth/how imagine howl/naked girl long rhythm。

全裸的佳人，旋律激荡，真是美极了。

*

我半小时前来到这里，在露台上坐下，点了一杯红酒，想边看书边等艾米。可是几个小孩儿在边上旁若无人地跑来跑去，让我难以集中精力。“他们该去上学吧。”我想，随即记起今天是周六。后来我看到孩子的母亲们就在角落的桌上，兴致勃勃地瞎聊。

艾米迟到了。我看出她有些紧张，特别详细地跟我解释了迟到原因，好像以前她总是很准时似的。我觉得她好像不想谈论小说，于是决定只简单问问她觉得小说怎么样。她支吾了好久，含含糊糊，开着些让我费解的玩笑。“小说不错。”她最终说，“是本小说。”

“怎么讲？”

“就是这样，你写的是本小说。我挺喜欢的。”

“可我还没写完呢。”

“反正你会写完。这小说会不错的。”

我希望她能说详细点，比如对于某些细节和人物的看法，可是没机会了。角落那桌女人中的一个走过来，热情地跟艾米打招呼。“我是拉贝比。”她说。然后两个女人拥抱了一下。我没听清她说的是“贝比”还是“贝芭”还是“布波”或“芭波”，反正大概就是这一类的名字。她向我们介绍了她的孩子们，正是那一群当中最吵闹的几个。艾米借此中断了和我的对话，滔滔不绝地和她的女伴感叹着能够在此相遇是多么惊人的巧合。我一点儿不觉得这是多大的巧合。那个叫贝比或布比或芭比的女人和艾米一样，住在拉雷纳，奇怪的是她俩之前居然没遇见过。

我心情糟透了，觉得艾米在故意拖延和那女人的聊天，觉得她肯定很庆幸见到了那女人，这样她就可以推迟被迫评价我小说的时间。然后艾米抱歉地说她得走了。我恹恹地回到家中，甚是气恼，本打算继续写点儿，但写不下去了。

*

小时候，我很喜欢停电。母亲总是四处寻找我们，把我们带到客厅。“以前还没电灯用呢。”母亲总是边念叨边点蜡烛。我真难想象一个没有电灯、墙上没有插座的世界。

那些夜里，我们聚在一起随意畅谈，母亲总喜欢讲那个灭不了的蜡烛的笑话。那笑话又长又无聊，不过我们爱听：一家人要睡觉了，准备吹掉蜡烛，但所有人都是豁嘴。最终是同样豁嘴的奶奶，用沾了口水的手指把蜡烛捻灭了。

父亲同样对这个笑话乐此不疲。他和母亲陪着我们，觉得这样我们就不会害怕。可我们根本不怕。心怀恐惧的是他们。

我想说的就是这些，就是这样的一些回忆。

*

今天我打电话给朋友帕布罗，给他读我在蒂姆·奥布莱恩[①]的书上看到的一句话："纠缠回忆的，恰是那些无始无终、难以言说的琐碎片段。"

我想着这话，彻夜不眠。这话有道理。我们记住的，往往是杂音而非真实的影像。有时，一下笔，脑子就一片空白，好像这样才有所收获。其实我们单纯地记录这些杂音、记录这些记忆中的瑕疵就对了。这不过是一种随心所欲的筛选，仅此而已。可就为了还原所谓真实影像，我们却谎话连篇。也正因为如此，一本记录记忆杂音的书，往往与那本记录所谓真实影像的书背道而驰——真实的回忆太过厚重，免不了遭到曲解。

我想起了娜塔莉亚·金兹伯格[②]的小说《家庭絮语》那绝妙的开头："本书中所有地点、时间和人物全部真实，无任何虚构。当我出于小说家的习惯进行虚构时，我都觉得有毁灭这虚构的义务。"我也应该如此，要不干脆什么都别写。

*

现在我在拉斯克鲁塞斯，和艾米一起享受空旷的海滩。

① 蒂姆·奥布莱恩（1946—），美国小说家。

② 娜塔莉亚·金兹伯格（1916—1991），意大利女作家。

早上，躺在沙滩上，我读了罗曼·加里[1]的《黎明的承诺》。书里有一段精妙的文字："我不知道怎样描述大海。我只知道它将我从一切俗务中解脱。每当我凝视海洋，我就变成一个幸福的溺水者。"

哪怕我认定海洋是我此生看到的第一美景，我同样也不知道怎样描述大海。两个月大时，父亲接受了一份在瓦尔帕莱索的工作，我们举家迁往阿雷格里塞罗，在那儿住了三年。当然了，我关于大海的最初印象是在很久之后，大约我六岁时，那时我们已经住在迈普。我记得当时我心怀敬畏，幸福地想，大海真是无穷无尽，一直延伸，永远向前。

不多久前，我还想写首诗，名字叫《幸福的溺水者》，不过没写出什么成果。

*

我们开着艾米借来的车回去了。我开得如此小心，艾米简直要绝望了。然后我第一次送她回家。让我颇为意外的是，她屋内的陈设和我想象中大不相同，件件物品摆放得清晰明了。我不记得当时自己是不是想留下来跟她过夜。一直以来，我都为自己这个希望记录所有细节的习惯而倍感压力。

---

① 罗曼·加里（1914—1980），法国外交家、小说家、导演。

第二天一早，我俩和她的女伴们一起喝茶。情形跟艾米以前描述的如出一辙。她的家其实更像个宽敞的工作室。艾米作画时，她的朋友们——尽管艾米已经无数次称呼过她们，可我依然不记得每个人的名字——就织衣服或做手工。

我要离开时，艾米问我写了什么没有。我不知道该怎么回答。

无论如何，昨晚我是写了这么几行：

最好，不要走进任何书里
最好，没有箴言警句为我们遮风挡雨
生活，没有音乐，没有文字
天空，没有云彩，恰如现在

这段话我自己读着都别扭，看不出有什么亮点或思想。不过好歹我也押了点韵，这点儿韵脚还挺打动我。我调整了语序，组合节奏，又一一打乱，花了好几个小时来写这首诗。现在，让我高声朗读：

最好，不要走进任何书里
最好，没有箴言警句为我们遮风挡雨
生活，没有音乐，没有文字
天空，没有云彩，恰如现在
当云彩变幻无穷

你不知道，它们何去何从
我们似乎依旧停留在
往日逃离的地点
曾几何时，我们叫不出树的名字
曾几何时，我们叫不出鸟的名字
曾几何时，恐惧还是恐惧 我们对恐惧
无憎
亦无喜
伤痛是无休止的书籍
偶然翻起，只怕
我们的名字，遗落封底

*

我梦到自己喝醉了，跳了一曲黑天使乐队[①]的《通向忘境的列车》。然后阿莱杭德拉·科斯塔马尼亚[②]突然出现，对我说："你已经好得差不多了。我带你回家吧，把地址告诉我。"可我忘了地址，只得拼命回忆，同时继续跳个不停。梦里我拿着一支手枪，爱不释手。

阿莱杭德拉跟我一起跳起了舞，也可以说她其实是在帮我跳。我扭得丑态百出，几乎要在舞池里跌倒。那不是迪斯科舞厅的舞池，而像是某户人家的客厅。

---

① 智利乐队。
② 阿莱杭德拉·科斯塔马尼亚（1970— ），智利作家、记者。

“我们不是朋友吧。”我在梦里对阿莱杭德拉说，“我们又不是朋友，你干吗要帮我？”

“我们是朋友。”她回答，“你在做梦呢，在梦里你觉得我们不是朋友。其实我们是。你快醒来吧。”我努力挣扎着希望醒来，但没成功，于是感到心烦。

我终于醒了。艾米就睡在我身边。我看到电视上播放着《重庆森林》的最后一幕。能看着像《重庆森林》这么经典的电影睡着，我觉得真是匪夷所思。

我给阿莱杭德拉打电话讲了我的梦，她笑了：“我喜欢《通向忘境的列车》。”“我也是，不过我更喜欢《国王和我》。”我回答。她问我跟艾米怎么样了。“说不清。”我下意识地回答。这是事实：真的说不清。

*

放弃写一本书是喜乐并存的事。至少我是这样觉得：最初，我遗憾居然曾将那么多夜晚砸在这无用的热情中，可接下来，日子一天天过去，一丝轻微的自得又占了上风：此时，在这间屋子里，我和艾米随意写作，漫无目的，觉得无比舒畅。

放弃一本书，是因为终于明白它不属于我们。我们如此渴望读到它，以致一度坚信我们该亲自去写。我们厌倦了等候别人写书然后我们再读的过程。

不过我并不想真的让我的小说半途而废。艾米的沉默使我心灰意冷，但我能理解。我曾逼她读我的稿子，现在又想逼她认同这稿子。想到她有可能不看好这小说，我真希望我从没写过，或者就此停笔。但是不行，我不会放弃。

*

我打算和父母一起吃午饭，但一想到这意味着要跟他们一起欢庆皮涅拉的胜利，我又兴致索然。我给父母打了电话，告诉他们我不去投票。在车上我听着动人的歌曲，但突然之间，所有的旋律都让我觉得异常刺耳。我摘下耳机，又开始读《黎明的承诺》，视线久久地停在这句话上：“我没有呐喊，而是写作。”

投票时，我心情沉重，毫无兴趣。我清楚塞巴斯蒂安·皮涅拉会赢得第一轮投票，第二轮也大有胜算。我感到恐惧。看得出，我们的回忆就这样丢失。我们就这样温顺老实地将这个国家交到皮涅拉或主业会或基督军团的手里。

投完票，我把朋友迭戈约了出来。我坐在靠近泳池的广场草坪上等了他好长时间。我们朝着迈普圣庙信步走去，途经以前是多奇超市的地方。迭戈是伊基克人，从十年前开始住在迈普。“这儿以前卖的肉和蛋糕都不错。”我告诉他，还细致地跟他描述了这超市。他听得很认真，不过也许他觉得无聊，毕竟所有的超市都是一个样子。

“我从没来过圣庙。”迭戈告诉我。我们走进周日不计其数的弥撒人群中的一堆。这里人不算多。我们在靠近祭坛的地方坐下。我看着四周的旗子，一个个数过来。然后我们又坐到入口的阶梯上，扩音器里传出弥撒声，我们聊着，几个孩子在旁边玩球，时不时把球抛向我们，我忙着扔还给他们。突然间一个小男孩太过用力，球砸到了迭戈的脸。我们本以为小孩会道歉，或至少来个微笑以示歉意，可他们却没这样做。我拿着球，孩子们围过来，从我手里把球夺走。我快气疯了，真想狠狠教训他们一顿。

我和迭戈聊起迈普，聊起智利人对“农家”的理解跟阿根廷人或西班牙人大不相同。在这儿，“农家”是中产阶级的渴望，但这个阶级没有章法，没有根基。我问他还记不记得13频道一部叫做《纳坡里农舍》的电视剧。他说记得。“有时我简直忘了这电视剧可比我年轻。”

我们又谈到我的小说和迭戈不久前新出的小说，我几个星期前才读过。我告诉他我觉得不错，也乐意细说哪些地方不错。有一幕我印象深刻：主角随父亲去布宜诺斯艾利斯旅行，请父亲给他买本书。父亲给他买了，翻开，带着赞赏的口吻说：“挺结实的。”

“这不是你编的。”我说，“这些事情编不出来。”迭戈笑了，使劲摇着头，像是在跳一曲重金属配乐的舞蹈。“对，不是我编的。”

随后我们去了迭戈与他母亲同住的位于南城大道的公寓。他母亲叫辛西娅。我们聊了聊到那时已然相当明了的选举结果：第二轮的形势依然对皮涅拉大为有利。

迭戈削了鳄梨，还放了点油。我告诉他其实没必要放油。“我爸老为这个批评我。”迭戈笑着回答。“至少这事儿，你爸还是有道理的。”我也笑着回答。

*

“你说你在写我的时候，我还以为你开玩笑呢。”在餐厅，艾米这样告诉我，眼神游移不定。我感觉出她在小心翼翼地措辞，却欲言又止，最终给了我一个微笑。

我们去老地方吃了寿司。点的东西迟迟不上，让我想起小说中那顿午饭，想起在饭菜上桌后被迫离开的郁闷心情。我本想对艾米说“这可不是跟小说一样么”，可她只是用毫无生气的眼神望着我。现在想起来，我觉得那眼神里满是怜悯。所以我想，等着上菜时，我们能谈的，真的只有等待本身了。可艾米换了话题，那语气让人觉得她准备已久，仿佛这些日子以来都在酝酿这个话题。

“其实我没怎么变。”她说，“你也没有。几个星期前我跟你说我们该装作刚认识，我也说不清我究竟想表达什么。好像这几个月，我们老在嘲笑我们过去的样子。可这是不对的。我们还是跟以前一样。现在我们什么都看得开，懂得的却太少，还不如以前多。”“这样挺好啊，”我有些畏惧地回答，“不知者无畏，不知者无求。”

“不是，这没什么好的。一切都真实可信才是最好。我们希望在一起，可就为了这个，我们甚至不惜伪装自己。

我们还没有改变到可以重新在一起的地步。我一直扪心自问，我们还能改变吗？”

我终于明白了她的意思，于是奋起应对。每次争吵，我总试图用某种乐观的情绪掩护自己，可艾米一直臭着脸，想让我知难而退，后来甚至连身体也不再对我坦露。这份痛楚在我的记忆中历久弥新。我记得多年前的一个夜晚，争吵正盛时，我们突然开始彼此抚摸，她跳到我身上，可我们做爱到一半时，她又怒气大发，而她的私处也就此对我彻底关闭。

突然之间，毫无预兆地，艾米又开始说起我的小说。她喜欢这本书，但整个阅读的过程中她都摆脱不了一种说不清道不明的情绪。“你讲了我的故事，”她说，“我本该感谢你，但我不想这么做。我宁可任何人都不要提起这个故事。”我解释说，我也并不是原封不动地写她的生活，只是借用了我们共同经历过的一些场景、一些回忆而已。“别找借口了。”她说，“哪怕你留了几张票子在柜台，你还不是一样抢了银行。”我觉得这比喻真是既愚蠢又粗俗。

寿司终于上来了。我专注地、贪婪地吃着三文鱼刺身，把每一块都蘸满海鲜酱油和姜末，浓郁的芥末味在我嘴里燃烧，好像是我为爱着眼前这个女人施与自己的荒诞的惩罚，这种爱如此纯粹，绝非旧情复燃。对我而言，她根本不是一种习惯或难以根除的嗜好。然而事到如今，我也不准备抗争下去了。

我吃掉了寿司——不仅吃了自己的那份，也吃了艾米的。盘子空掉后，艾米冷冷地对我说："我们到此为止吧。"这时餐厅领班来了，啰啰嗦嗦地为迟迟没能上菜表示歉意，我俩都没心思听。领班说可以送我们免费的咖啡或甜点作为补偿。我们心不在焉，机械地回答说没关系，不用费心。然后，我们离开餐厅，分道扬镳。

回到家，我想着艾米的话，觉得她说的是事实。我们懂得的还太少，还不如以前多，因为曾经的我们信念明确，教条清晰，规矩确凿。我们真心热爱这些规则，我们唯一真心爱过的，正是这一大堆荒谬的规则。如今我们什么都看得开，尤其是失败。

（自然地）再次落单[①]。最让我心痛的，莫过于这自然地。我们，你和我，就此各奔东西吧。

*

几天前艾米托邻居转交给我一个盒子，直到今天我才有勇气打开。里面有两件马甲，一条围巾，我的考里斯马基[②]和维斯·安德森[③]的影碟，还有汤姆·维兹[④]和武当派乐队[⑤]的唱片，最后就是那段时间我借给她的书，其中

---

① 原文是英语，Alone again（naturally）。

② 考里斯马基（1957—　），芬兰电影导演。

③ 维斯·安德森（1969—　），美国电影导演、演员。

④ 汤姆·维兹（1949—　），美国创作歌手、演员。

⑤ 美国乐队。

包括《阴翳礼赞》——几年前我送给她的谷崎润一郎的评论文集。我不知道她是狠心还是大意，把这本书也放进了盒子。

艾米从未告诉我她是否读过这本书，所以当我看到书里粗粗的黄色记号笔标注时，颇感惊讶。艾米读过的书常像经过一场混战，破败不堪，以前为这事儿，我没少跟她生气。可能有人觉得这种狼吞虎咽的阅读恰如考前临时抱佛脚，其实不是，她不过是习惯了勾画自己喜欢的句子而已。

现在，当我讲述着艾米的过去，感到既伤心又轻松：她已经走了。当然，我也该学着说说自己的过去。

*

我回到了创作里，做了好些修改。一会儿从第一人称换到第三人称，一会儿又从第三人称换到第一人称，甚至还尝试过第二人称。

我对书中人物的感觉时近时远，小说毫无进展。我不会有进展了。我就这样修改着场景，又一一删除。我删掉的东西太多，可能有二三十页。我忘掉了小说，把自己灌醉，然后呼呼大睡。

之后，当我醒来，我又开始写诗，发现这就够了：再现幕幕影像，无需构思地点，无需搭建场景，从诗句中得到和谐的音律。去它的小说，去它的道歉。

我又删掉了所有的诗句，只留下这样几行：

餐桌被烈火吞噬
父亲身上布满印迹
废墟中的信任转瞬即逝
童年高墙上刻着只言片语
我颤抖的手指发出声响
你的衣物留在别家
汽车声无穷无尽
炽热的希望期盼着回归
没有脚步，没有记忆中的路
我们长久等待的信念
希望没人在我们的脸庞上认出
那是我们曾经遗落的面容

*

好几个星期没在这本日记上写过什么，几乎一个夏天过去了。

地震来时我醒着没睡，在听磁场乐团[①]。我坐在门槛上，异常冷静地想，世界末日到了。还想，这最后一刻可真够漫长，长到我可以翻来覆去地想：太漫长了。

---

① 美国乐队。

终于震动停止，我起身去看望邻居夫妇和他们的女儿，三个人还紧紧抱在一起瑟瑟发抖。“你们还好吧？”我问。“还好。”男人回答，“就是被吓着了。你们呢？”我有些惊讶地答道：“我们还好。”

我已经独居两年，邻居却全然不知。我想，现在是我成了“孤独的邻居”，就像当年的劳尔，当年的罗伯特。我进而联想到那小说，惊觉故事的结尾可能是这样的场景：迈普的那栋我童年居住的房子，如今已残破不堪。我是如何想到去描写一九八五年的那场地震的？我一直说不清，只知道在那个遥远的夜晚，我第一次意识到死亡的存在。

对于当时像我这样的孩子来说，死亡是遥不可及的。我们在那片幽灵之街上无所顾忌地玩乐追打，对于周遭的故事浑然不觉。地震那晚，我第一次意识到一切都可能轰然坍塌。如今我感到有这样的认识是件好事。时时刻刻，我们都有必要记住这一点。

清晨五点多，我到小区里逛了逛。我走得很慢很慢，等待着搜救的灯光混乱地从地面射向树冠，等着车灯在刹那间照亮四周。孩子们在路边睡着了，或者说，他们希望入睡。一个男人的声音如同圣咒般响彻每个角落：“我们都好。我们都好。”

我打开随身收音机，相关消息依然稀少。清点死者的工作才刚刚开始。播音员言辞暧昧，甚至有人说出这样一句有些喜感的话：“已经得到确认，刚刚发生过一场地震。”

最后我到了艾米家附近，候在路边。突然之间我就听到了她的声音。她在和女伴们说话，我听着像是她们在庭院里吸烟。我本想上前，但随即觉得这样已经够了，知道她安全就足够了。我感到她在离我很近的地方，仅仅几步之遥，但我还是宁可一走了之。“我们都好。”我带着一丝莫名的快意想。

天亮时我回到了家，被进门时看到的景象吓了一跳：几天前才整理过的书，现在乱了一地；盘子和落地窗全都难逃厄运。还好房子没倒。

我本想立刻启程去迈普，但刚不久前，上午九点，我联系上了母亲。“我们都好。”她说，还要我别去找他们，说路上危险。“你待在家里整理你的书吧。别担心我们。”

不过我还是要去。明天一大早，我就去看望父母。我要陪着他们。

现在是下午。我又开始写作。城市渐渐恢复了秩序，一如往昔的夏末夜景重现街头。我像个孩子般紧张地回味着这场伤痛。想着今天逝去的人们，想着南边的迈普，还想着过去的、将来的无数亡灵。我也想到了我这行当，神奇、卑微而高贵，永远不可或缺，又始终不尽如人意的行当：活着，边看边写。

标致404之后，父亲买了一辆灰蓝色的504，后来又有了银色的505。现在没一辆还在路上跑。

我看着车来车往，一辆辆数过来。想到后座上那些熟睡的孩子，觉得有些压抑，这些孩子将会记得，曾几何时，他们坐着这车，和父母一起长途跋涉。

圣地亚哥，二〇一〇年二月